schreve

D1143486

ÖĞLE PAYDOSU*

CEM SELCEN 1962'de İstanbul'da doğdu. İlk ve Orta öğrenimini Bursa'da tamamladı. 1984'de Yıldız Teknik Üniversitesi Makine Mühendisliğini bitirdi. Değişik işlerle doldurduğu iş hayatı halen gece kulübü işletmecisi olarak sürmekte.

Uzun yıllar *gaSte* ve *S* adlı bir sanat ve şehir dergisi de çıkaran yazarın daha önce *1578-Bir Korsan Hikayesi* (İmge Yayınları, 1999), *Saat Kaçtır Acaba* (Everest Yayınları, 2003), *Elmanın Suçu* (Sel Yayıncılık, 2007) adlı romanları yayınlandı.

*SEL YAYINCILIK
Piyerloti Caddesi, 11 / 3 Çemberlitaş - İstanbul
Tel.: (212) 516 96 85   Faks: (212) 516 97 26

http://www.selyayincilik.com
E-mail: posta@selyayincilik.com

ISBN 978-975-570-393-0

*SEL YAYINCILIK: 383

Öğle Paydosu
CEM SELCEN

Hikâyeler

© Sel Yayıncılık 2009

Birinci Baskı: Şubat 2009

Kapak tasarım uygulama: Ayşe Nur Ataysoy

www.cemselcen.com

Baskı ve Cilt: Yaylacık Matbaası
Litros Yolu, Fatih Sanayi Sitesi, 12/197-203 Topkapı-İstanbul, 567 80 03

bibliotheek

wisselcollectie
www.oba.nl

Cem Selcen

Öğle Paydosu

Hikâyeler

Tanımakta hep geç kaldığım kadınlara...

İÇİNDEKİLER

Yeni Bir Hayat...

I

Yatağın içinde bir o yana bir bu yana dönüyor, yarın sabah başlayacağı yeni hayatı düşünüyordu. Gergindi elbette. Bu 'gergin' lafından da pek hazetmiyordu aslında. Adam bir şeye çok sinirlenmiş de birazdan patlayıverecek gibi... Yok! Daha çok yeni bir şeye başlamanın tedirginliği, hafif bir huzursuzluk, hatta bir çeşit heyecanlılıkla ifade etmeliydi içinde bulunduğu ruh halini. Evet! Belki biraz da korku vardı içindeki duyguların arasında bir yerde. Bunu en azından kendine itiraf etmeliydi. Ama çok korktuğu filan yoktu. Asla çok değil. Asla!..

Bir kafesin içindeki hayvanı özgür bırakmak için kafesin kapısını açtığınızda hemen çıkamaz, biraz şaşırır, —Hadi! Öyle diyelim— biraz gerilir değil mi? Çünkü özgürlük büyük birşeydir. Bir de korkar hayvan, ne yapacaktır ki özgür olunca? O, kafesin içini, yemek tasını, bakıcısının yüzündeki anlamları filan bilebilir en fazla. Bir de ziyaretçilerin pişkin, kafesin içindekine acırken aşağılayan bakışlarını...

Nefesi daraldı biraz. Günlerdir olduğu gibi, durumunu genelde bu benzetmeyle tarif etmeye çalışıyor, sonra canı iyice sıkılıyor, giderek de içi içine sığmaz oluyordu. Kafesin içinde nedense hep bir aslan geliyordu gözünün önüne. Başka hayvanlar da olurdu belki ama, aslan huzursuzluğun en yakıştığı hayvandı. Sonra birden öte yana dönüyor ve "Yo, abartıyorum," diyordu. "Bu hayvan-aslan örneği biraz fazla. Hepitopu, bir evliliği bitiriyorum." Ama böyle deyince de içinden yükseliveren kızgınlığı frenleyemiyor, yanıbaşında yatan karısını uyandıracak şekilde mırıldanarak boşluktaki birilerine birşeyler anlatmaya çabalıyordu. "Sadece evlilikmiş... Dışarıdan öyle... Ben yıllardır mutsuzum. Kimin umurunda! Evlilik kutsalmış, bilmemne... Ya mutluluk? Ya kendini özgür hissetme? Bunu sürdür! Niye? Çünkü evlisin!"

Bir an aldığı nefeslerin sıklaştığını ve dudaklarını kıpır-dattığını farkediyor, şüpheyle, nefes bile almadan, kıpırtı-sız kalarak karısını uyandırıp uyandırmadığını kontrol edi-yordu. Karısının düzenli nefes seslerinin dalgalanmaları al-tında, odanın karanlığına bir hüzme halinde düşen şehrin ışığına bakıyor, dudaklarını tekrar kıpırdatmaya başlıyor-du. Az önceki gibi kızgın davranmaması gerektiğini düşü-nüyor, daha sakin, hatta akılcı denebilecek şekilde düşün-meye çalışıyordu.

O zaman da bunun —yani evliliğinin— bir alışkanlıklar kümesinden başka birşey olmadığını, yani —nasıl derler— insani olmadığını filan anlatıyordu, kimi hafifçe aralık du-ran dolap kapaklarının karanlığı çeşitli kıvamlarda yansıt-tığı duvara.

"Artık," diyordu, sertleşmiş bakışlarla, "zamanı geldi. Hazırım. Ne yapmam gerekiyorsa yaptım bugüne kadar. Herkesi memnun ettim. Herkes memnun olsun diye gece gündüz çalıştım. Kendim için ne yaptım? Aldığım arabala-rı bile onları nasıl taşırım diye aldım. Ben onların hayatı için varım. Karımdı, çocuktu, akrabalardı, onların bilmem-neleriydi... Yo! Pişman değilim. Ama müsaade etsinler, şimdi biraz kendim... Buna ihtiyacım var. Ne zamandır, sa-dece evin ihtiyaçlarını gidermekle yükümlü biri gibi görü-yorlardı beni. Bu adam, onu cezbedecek, heyecanlanacak başka birşey istemez mi? diye, düşünülmedi hiç. Önüne iki kaşık yemek konup işe gönderilen bir beygir gibi hissedi-yordum kendimi. Beygir... Asla aslan filan değil. Yemeğin tadı da hergün kötülüyordu. Ama yeter! Şimdi çıkıp gide-ceğim."

Anlattıklarının —en azından dolap kapaklarını— ikna ettiğine emin oldu mu da, içinden yükselen duyguyu fren-leyemiyor, nereye koyacağını bilemediği elini bir şey açık-lar gibi karanlığın içine uzatarak son darbeyi vuruyor, her

12

zaman bizim dışımızdaki bütün boşluğu dolduran o büyük mahkemenin çoktandır vermesi gereken kararı cümle aleme ilan ediyordu. İşte! Tam da bu yüzden yeni bir şeye—hayata başlama kararı almıştı. Son yıl sıkıntıyla kıvranıp durmuş, sonunda başka hayatın nerede olduğunu bulmuştu. Ya da, —burada kendini tutamayarak kocaman gülümsüyordu— bu işlerde hep olageldiği gibi, o 'hayat' onu bulmuştu.

"Niye?" demişti bir akşam, genç kızın —yani sevgilisinin— küçük, genç işi ama kullanışlı evinden istemeye istemeye çıkıp, eşyaların bile yerlerinden sıkılıp parçalanmaya başladıkları evine dönerken "Niye o eve gitmek zorundayım?"

Aslında sadece birkaç gün önceydi bu. Soruyu yol boyunca, hatta evin önündeki sokakta, sinirlenerek park yeri ararken bile unutmamış, arabasını başka iki araba arasına kan ter içinde sıkıştırdığında da kararını vermişti. Bu evi terkedecek, kızın yanına yerleşecekti.

O karardan sonra üzerine sinen canlılığı düşünüyordu şimdi. Dolap kapaklarını bırakıp, sırtüstü döndü. Tavanda, garip parıldamalarla kaynaşan, birbiri yerine geçerek kayboluveren, kaynağı belirsiz ve kararsız ışık topları, belli belirsiz daireler halinde birşeyler demek ister gibi oynaşıyordu.

Canlılık! Yani tam anlamıyla gençlik. Hissettiği tam da böyleydi. Onunla olduğundan beri genç duygular hissediyordu. Arkadaşları bile farkettiğine göre de, gerçekten gençleşmiş olmalıydı. Ama yaşından ötürü olgundu da. "Olgun bir gençlik," dedi, elini tavandaki meçhul ışıkların ortasına doğru teatral bir havayla kaldırırken.

Şu an tümüyle farkında olduğu bir doygunluk içinde, yüzündeki gülümsemeyi bile hissediyordu. Aslan, kafesin içinde kararlılıkla ayağa kalkmış, genlerindeki diri asilli-

ğin —aklına 'yırtıcı' geliyor ama bu duruma pek uydura-
mıyor, kendini o kadar da yırtıcı bulmuyordu— etkisiyle
kafesi kimse yardım etmeden açabilmenin gururuyla dolu-
yordu.

Tavandaki gizemli ışıklara bu yeterdi. Tekrar sağa dön-
dü. Bu kez karısının son yıllarda garip bir yumuşamayla
katmanlaşarak çukurlu ve dalgalı bir yüzey edinen sırtına
bakmaya başladı. Geceliğin siyah askılarından biri kaymış,
omzun altına girmişti. O alacakaranlıkta tam olarak göre-
mese de, omuzdan sırtın aşağılarına azalarak akan çilleri,
aklından tek tek sayabilirdi. Benler ve minik sivilcecikler...
Hepsini tanıyordu. Acı acı gülümsedi. Sonra da derin bir
nefes aldı. Biraz korkuyordu galiba. Kendi kendine "İyice
düşündüm mü? Hemen, şimdi mi yapmalıyım bu işi? Bi-
raz daha zaman tanısa mıydım ikimize de? Tanıdıklara ne
diyeceğim? Bir süre ortalıktan yok mu olsam?" gibi soru-
lar sormaya başladı. Bir soruyu cevaplamadan ötekine ge-
çiyor, sorular sanki otomatik olarak ağzın sessiz kıpırtısın-
dan çıkıp, odanın o alışılmış karanlığında eriyip kaybolu-
yorlardı.

Aslında hiçbir şeyi cevaplamak filan istemiyordu şu an-
da. Sorular ne zamandır hep sorduğu sorulardı zaten. So-
nunda da hepsi birdi. Bunu da çoktan çözmüştü. Ya gider-
sin ya kalırsın. O, kafesin kapısını açmıştı bile...

Tekrar sırtüstü döndü. Aynı anda da az önce tedirginlik
yaratan soruların son tortuları da eridi gitti. Sanki bütün
dertli sorular, bir uçakla hızla ayrılınılan ülkedeki gerek-
sizce başağrıtan sorular gibi tek tek geride kaldı; giderek
de bir dağ silsilesinin arkasında, loş gölgelikte kayboldu-
lar. Ve bir an, tıpkı uçakta, hiçbiryere, ne ayrılınılan ne de
varılacak yere ait olmadığınız o tarifsiz boş anda, kısa —
ama şaşkınlığa düşecek kadar da sonsuz derin— bir süre
kendinizle başbaşa kalakalmanız gibi, kendini garip bir
boşlukta hissetti.

Tekrar sola, dolap kapaklarının sessiz, katmerli derinliklerine döndü. Şimdi yine, sizin uçakta az sonra varacağınız yeni ülkenin sürprizlerine çocuksu heyecanlarla hazırlanmaya başlamanız gibi, telaşlanmaya başlamıştı. O da biran önce oraya, ona yepyeni sevinçler veren ve kimbilir daha neler yaşayacağı genç sevgilisinin ülkesine gitmek, onunla orada yaşamak istiyordu. Aklı kızın evindeki mobilyalara kaydı. Salona koyacağı bir yazı masası tasarlamaya başladı. Masadan sıkılınca banyoya alması gerekli şeylere geçti. Öyle ya! En çok orada vakit geçiriyordu.

Sol omzu ezilir gibi oldu. Sırtüstü döndü. Yorganın altında çarşafın topaklanmış yerini ayağıyla açıp, düzeltti. Ellerini ensesinde birleştirip düşünmeye devam etti. Mesele sadece kız da değildi sanki. Onu aşan birşeyler de vardı bu yeni kararda. Bunu, şu an tavandaki kararsız ışıklarda yaşayan, gizemli kardeşçiklerle yeni bir şeymiş gibi paylaşsa da aslında dün farketmişti. Birden olan bitenin başka yönünü görmüş ve o ana kadar böylesine eksik düşündüğü için kendine şaşarak, alnına bir şaplak atmış, "Yeni yahu!" demişti "Yeni ne oldu ki yıllardır hayatımda?"

Şaplak sesiyle kafasını bilgisayardan kaldıran yan bölümdeki arkadaşı, hayretle ona bakmıştı.

II

Müthiş kararını, bu akşam eve girdikten az sonra, daha üstünü bile çıkarmadan, mutfak kapısında açıklamıştı karısına. "Ben yarın gidiyorum," demişti birdenbire.

Kadının sırtı dönüktü ve ocağın başında yemeği karıştırıyordu. Mutfağın apartman aydınlığına bakan penceresinde perde yarı açıktı. İçeride içiçe geçmiş gölgeler, camın karanlık yüzünden bozularak yansıyor, tavandaki lambanın aksi bütün gölgeleri eziyordu.

Her nasılsa o anda bir ter belirmişti, kadının canlılığını kaybetmiş, gelecekteki çizgilerin şimdilik soluk hayalleriyle kaplı alnında. Burnuna doğru hızla inmeye başlamıştı ter damlacığı. "İyi!" demişti kadın. Neler olduğunu çoktandır bilen ve gelecek sonucu erkekten çok önce kestiren biri olarak. Ama ne kadar hazır olsa da, az sonra üzerine acımasızca binecek ağırlığı kadınsı bir içgörüyle ertelemek istedi. "Ne zaman geleceksin?"

"Hiçbir zaman."

Kadın, teri elinin tersiyle burun-kaş çatağında yakalamış, adama dönmüş ve çok kısa bir süre onu birazdan öldürecekmiş gibi bakmıştı. Sonra da işine dönüp, belirgin bir kızgınlıkla yemeği karıştırmaya devam etmişti.

Kadının üzerinde yıllardır, hemen her yemek yapışında severek giydiği, boyuna yeşil çizgili, bej bir önlük vardı. Şimdi, gözyaşları aşağıya doğru sırayla, usul usul akıyor, damlacıklar, kadının yaşının doğal sonucu olarak biraz sarkan ve kırışık alametleri gösteren gıdıya ulaşamadan çeneden boşluğa atlıyor, yılların mutfak arkadaşı önlüğün, kararsız hareler halinde parça parça lekelenmiş eteklerine damlıyordu.

Yemek, kadının odaya, odalara ve banyoya giriş çıkışları nedeniyle geç bir saatte, sessizce yendi.

Adam, konuşup bir laf etmemeye dayanamayacak halde olsa da, ayıp etmemek ve yıllardır aynı evi paylaştığı kadını daha fazla üzmemek için ağzını açmaya çekiniyordu. Daha ne diyecekti ki? Kadının içine oturtmuştu işte! Ama aslında herşeyi anlatsa daha iyi olmaz mıydı? Nereye gideceğini, sevgilisinin nasıl biri olduğunu, yeni hayatın onun için ne kadar önemli olduğunu paylaşsa karısıyla. Hani eski bir arkadaş gibi… Anlayışla birbirinin yolunu açsalar filan… Böyle düşünüyordu ama kadının gülümsemeyle çığlık atma arasında gidip gelen mimikleri onu ürkütüyor, çıtını çıkarmıyordu. Yine de dayanamadı ve kendi içindeki yoğunluğa daldığı bir anında eski yeleğinin nerede olduğunu soruverdi, ağzından çıkana kendisi de şaşırarak. Böyle bir anda bu kadar duygusuzca davranabildiğine kendisi de inanamıyordu. Telaşla kadının yüzüne baktı.

Kadın o anda, düzgün ama sert hareketlerle yerinden kalkıp doğruca yatak odasına gitti.

"Bir yandan da haklıyım abi ya!" diyordu adam, yaptığı abukluğu kendine olsun haklı çıkarmak için. Hani nerdeyse bir yıldır o yeleği gördüğü bile yoktu. Kimbilir eve temizliğe gelen kadınla birlikte nereye sokuşturmuşlardı. Belki de birine verivermişlerdi. Onun o eşyasını hâlâ sevip sevmediğini hiç düşünmeden. "Benim ne hissettiğim umurlarında değil ki."

Kadın, malum gıcırtı sesinden adamın da anladığı gibi, elbise dolabının kapağını açmış, yeleği kimbilir ne zamandır durduğu yerinden almış, sonra da gittiği gibi sert adımlarla gelerek, yemek masası başında, bugün de son derece sıradan bir gün, olan biten herşey gayet normal, ben de öylesine yemek yiyen bir adamım, rolünü canlandırmaya çalışan adamın kucağına atmıştı.

Şimdi yatakta sırtüstü yatarken bu akşamki rezaletten sonra neden karısıyla hala aynı yatakta yattıklarını düşünüyordu adam. "Alışkanlık," dedi, küçümseyerek. "Yıllar sonra başka türlü olmasını düşünemiyor insan. Ne kadar kavga etsek de yine bu yatağın aynı yerlerine sığınıyoruz. Hah! Aynı yerde yatmıyoruz aslında. Onun yatağı işte şu noktadan sonra başlıyor, —elini yanına kaydırmış, kendi bedeninin yanında bir karış açmıştı— benimkisiyse orda bitiyor. Burada görünmez ama kesin bir çizgi var. Ne çizgisi bir yarık, hatta bir uçurum."

Elini sıkıntıyla yorganın üstüne çıkardı. Karısının bunca yıldır ona vermek istemediklerini düşünmeye başladı, kimbilir kaçıncı kez. Ama kendini durdurdu, "Hayır! Kızgın ve sıkkın olmamalıyım. Geçmişi hallettim. Dönüp çözeceğim birşey kalmadı," dedi, ve tekrar sola dönerek sevgilisini düşünmeye başladı. Onun genç kaslarını, neşe dolu cıvıltısını canlandırmaya çalıştı gözünde. İlk defa yattıklarında —ki bir arkadaşının evinde, yerde, bir halının üstünde olmuştu bu iş— kızın saçları nasıl da dağılmıştı halının kirli bej zeminine ve ne güzel gülüyordu; ikisi de ötekinden memnun, birbirlerinin yüzüne bakacak hale geldiklerinde... O hâlâ şahlanmış duruyordu kızın üzerinde; kızsa gülümsüyordu, kocaman, neşe dolu... Kareyi tümüyle canlandırmış, belki de sonsuza dek bozulmayacak şekilde kesinleştirmişti. Sonunda o doygun gülümseme yine yerleşti yüzüne. Açıkça mırıldandı kendinden geçerek "Bir sürü şey alacağım ona," dedi. Doğrulup yastığı düzeltti, gülümsemenin yanaklara uzayan kasılmasını dağıtmamaya özen göstererek.

Birden durdu. İşte bu kez karısını uyandırmış olabilirdi. Bilinmemesi gerekli küçük bir kabahat işlemiş gibi sessizce yerine uzandı tekrar.

Kadının uyuduğu filan yoktu elbette. Gecenin başında yattığı pozisyonda, kaskatı duruyordu sadece. Vücudunu kımıldatmak değil daha da sıkmak, delicesine kasmak, hatta adama yapamadığını kendine yapmak, mümkünse sessizce de olsa bir yerlerine zarar vermek istiyordu. Dişlerini sıkarak, içinde büyüyüp duran kızgınlıkla başetmeye çalışıyor, şakaklarını ve kucağında duran elini sinirle hareket ettiriyor, bazen çarşafın avuçlayabildiği bir kısmını sessizce sıkıyordu.

III

Adam, artık azap vermeye başlayan yatağından gün ağarırken kalktı. Karısının bunun çok daha azı sese çoktan uyanmış olacağını bilse de, çok ses çıkarmamaya dikkat ederek yıkandı. Bavuluna akşamdan koymayı unuttuğu, aklına sonradan gelen bir iki parçayı ekledi. Kalanları sonra birara alır ya da aldırırdı. Günün ilk ışıklarıyla birlikte evden ayrıldı.

Kadın, adam banyodan çıkarken dirseğini yatağa dayayıp doğrulmuş, kızgın gözlerle, hâlâ her şey normalmiş gibi davranmaya çalışan adamı izlemeye başlamıştı. İçinden bir sürü şey geçirmiş, sonunda adama onu gözleriyle yokedercesine bakmak dışında hiçbirşey yapmamıştı. Adamın son bir 'hoşçakal öpücüğü' için arkadaşça ve şefkatle yaklaşmasına nefretle, tiksinir gibi bakmış, "Sakın bir adım daha atma!" diye çığlık atmıştı.

Daha fazla oyalanmak istemeyen adam, çok geçmeden, evden çıkmış, kapıyı kapatmıştı.

Aslan, sonunda kafesi terketmiş, merdiven boşluğunda asansör bekliyordu. Ama o an, bu terkediş, hiç de birkaç gündür ve dün akşam kurduğu gibi gururlu bir fetih günü, yepyeni, özgürlük ve mutlulukla dolu bir hayatın başlangıcı gibi gelmiyordu aslan-adama. Hatta az sonra apartmanın dış kapısı da ardında kapandığında kendini yuvasız, çok yalnız kalmış gibi bile hissetti. Bir süre kımıldayamadı. İçine kocaman bir ağırlık çökmüştü. Nerdeyse ağlayacaktı. Eli ayağı kesilir gibi oldu. Bavulu yere bırakıp, hüzünlü gözlerle sokağa baktı. Yo! Ağlamayacaktı herhalde... Toparlanıp, kızı, genç sevgilisini düşünmeye çalıştı. Ona ait güzel bulduğu özellikleri, gülüşünü, utanmayı düşünmeden bacaklarını öylesine açıvererek oturuşunu filan düşündü. Bir keresinde o yatarken tepesine çıkmış, ayaklarını yavaş yavaş adamın yüzünde gezdirmiş, ayak parmaklarıyla burnunu, ağzını okşamıştı. Bu hoş anı biraz hafifletti herşeyi. O gururlu gülümseme yüzüne dönemese de biraz gayret bulmuştu.

Arabaya doğru yürürken içi —ne yapsa— yine de acıyordu. İçini delercesine burkan, boğazına düğümlenen duyguyla başetmeye çalışırken, bir yandan da apartmandan ya da mahalleden birinin onu bu saatte görüp birşey sormasından da çekiniyordu. Aslında daha aşağıya inmeden, hatta geceden düşünmüştü. Yolculuk! Bu bariz nedene rağmen ısrarla detayları öğrenmek isteyen bir meraklı olursa —ki mahalleli denen şey saf bir merak kuyusudur— "Şirket başka yerde bir ofis kurma kararı aldı; ben de hazırlıkları yapacağım," diyecekti. Hatta elini, iş çıktı başımıza manasına, şöyle bir sallayacaktı. Peki sonraki günlerde yine şehirde görürlerse? O kadar da değil. Hem, amaan bulurdu bir şey... Ayrıca onlara ne yahu!

Neyse ki bavulu ve kendini arabaya yerleştirdiğinde yanından onu sıyırarak geçen çöp arabasının arkasından sarkan şapkalı çöpçüden başka biri onu görmemişti.

Arabayı çalıştırırken "Ama ne aslan!" dedi kendi kendine ve bu onu güldürdü.

IV

Radyoda günün ilk haberleri tekdüze bir sesle arabanın içine yayılırken, gittiğinde bulacağı evi değil, biten evliliğini düşünüyordu. Aklına bazı iyi anlar gelse de —o küçük yataklı oteldeki ilk gece, birlikte bağıra güle şarkılar söyledikleri o sahil— ama hayır! olmayacak birşeyi bitirmişti.

Evet, böyle olmalıydı. Bunca yıl sorumlu ve son derece gururlu bir erkek gibi davranmış, yeni bir hayatı haketmişti. Şimdi sevgilisiyle başlayacaktı herşeye. Herşey —dünyadaki herşey— yeniden anlamlanacak, artık görmek bile istemediği birsürü şey ona tekrar heyecan vermeye başlayacaktı. Biten şey heyecandı. Karısıyla evi ilk tuttuklarında, salona ya da yatak odalarına koymak için seçtikleri her eşya nasıl da olağanüstü gelirdi adama. Sanki onları neşelendirmek için o mağazalara kadar gelmiş şeylerdi onlar. Yeni evlenen çift onları evlerine götürecek, o eşyadan yayılan ışıltıyla daha da mutlu olacaklardı. Aralarında kumaşın renginin koyuluğu açıklığı dışında pek bir farklılık olmaz, eve eşyadan önce gider, onun konacağı yeri bir kez daha temizler, arada da öpüşürlerdi. Gerçi kadının öpücük ısrarı adamı bazen bunaltırdı ama o, bu az biraz fazla olan taşkınlığı kadının mutluğuna verirdi.

İnsanlar, yollara çıkmaya başlamışlardı. Güneş, giderek araca, insana ve toza boğulacak caddeleri, hergünkü sıradan işlerinden biri olarak, duygusuzca, hatta bıkkınlıkla yalamayı sürdürüyordu. Günün bu erken saatinde otobüs duraklarında bekleşen insanlar, henüz uykunun içe kapanıklığından kurtulamadan heran birbirlerine yaslanacak gibi dengesizce, yanyana duruyor, onları alıp şehrin başka yerlerine uysallıkla ama yeni gelen günün ağırlığı yüzünden de gerginlikle taşıyacak homurtulu araçları bekliyorlardı.

Sevgilisi epey gençti. İlişkisi başlayalı da çok olmamıştı ama kapılmıştı işte. Onun kat kat kesilmiş saçlarını düşününce içi tuhaf oluyor, genç kadının pırıltılı siyah gözlerinde sonsuza kadar peşinden gidebileceği o malum çocuksu ama güçlü çağrıyı görüyordu. Hayatındaki herşey giderek acımasızca birbirine benzemişken, "Sonunda artık hiçbir kurtuluş anı kalmadı, böyle yaşlanıp, böyle öleceğim," derken, bir şaka yapmıştı ona hayat. Bir sinemada saçma sapan, sıkıcı bir sanat filminin arasında bir kız çıkarmıştı karşısına.

Kız ona ışıltıyla gülümsemiş, kendini o gülümsemeden alıp, kızın ne dediğini anlayana kadar epey vakit geçmişti. Tabii ki kızın elindeki o şeyi, bir şişe kolayı, kız tuvalete girip çıkıncaya kadar tutabilirdi.

Kız geç çıkmıştı tuvaletten. (Şükür!) Çünkü kızın midesi çok fenaydı. Filmi de sevmemişti aslında; ama adamdan çok özür diliyordu. Hay Allah! Keşke beklemeseydi.

Hâlâ şaşkındı adam. Bu mutlu başlangıcı nasıl ilerletmesi gerektiğini, hayatında hep olduğu gibi, yine bilemiyordu. Onu komik duruma düşüren fazladan gülümsemelerle "Boşverin, ben de pek hazetmedim filmden," diye geveledi. İçinden yine bir adım atmayı beceremeyecek olmasına lanet ediyor, kızın az sonra gülümseyerek, belki de ona acıyarak uzaklaşıp, hayal olacağı ana hazırlanıyordu.

Neyse ki kız, özür niyetine ona bir kahve ısmarlamayı teklif etmişti. Sonra filmler üzerine konuşulmuş, sonra yine kızın isteğiyle bir bara gidilmişti. Sonra hediyeler, buluşmalar... Kızın onun evli olduğunu öğrendiğinde nazlanması, gidip gelmeler ve nihayet herşeyin kabul edilmesi.

"Ona hiç yalan söylemedim," dedi kendinden gurur duyarak.

Hayat, ona yeni bir hayata başlayacak gücü olduğunu kızla haber vermişti. Böyle düşünüyordu ve bu güzel ulak için Tanrı'ya minnettardı. Genelde hafta içleri, karısının işte olduğundan emin olduğu, kendisinin de bir bahaneyle kaçabildiği zamanlarda buluşuyorlardı.

Kızın pek bir işi yoktu. Daha doğrusu vardı ama çok vaktini almıyordu. Evinden, adamla tanıştığında pek yoksul olan, o minicik evden bazı ucuza iş yaptırmak isteyenlere grafik işleri filan yapıyordu. Adam ona güzel, yeni bir bilgisayar almıştı. Kocaman ekranlı, şöyle profesyonel birşey. Eve de birkaç eşya... İki ayda birşeye benzemişti o küçük ev. Bir yuva... Böyle düşündü adam. Kendi evim bir yuva olmaktan çıkıp bir sorumluluklar zincirine, bir yapılması gerekli hareketler bütününe dönerken, bir yuva göstermişti Tanrı ona. Evet, biraz daha mütevazi bir yuvaydı bu. Ama "Yuva hakim olabildiğin bir genişliktir zaten," diyordu, bir süre önce bulduğu ve durmadan kendi kendine tekrarladığı bu cümleden gurur duyarak.

Kızı, önceden cep telefonundan arıyor, ona saat tam kaçta geleceğini söylüyor ve bir isteği olup olmadığını soruyordu. Kız "Yok birşey. Sen gel yeter!" diyordu. Ama o hep elikolu dolu gidiyordu. Alışverişlerde ilk zamanlarda karısına birşeyler alırken duyduğu heyecanı yine duyuyor, aldığı hediyeleri tekrar tekrar paketlettiriyor ve sözümona sürpriz olsun diye, kötü bir pazar torbasına doldurduğu sebze meyvenin arasına özenle saklıyordu.

Hep öğleden sonra buluşurdu kızla. Çünkü kız gece bilgisayar başında çalışır, öğlene kadar da uyurdu. Başka türlü iş çıkaramıyordu. Derin nefesler alarak kızı düşünürdü adam ve öğleden sonra ofis dışı bir iş uydurur, onun yanına damlardı. Kızın dokundukça parıldayan vücudu karşısında nefesi kesilir gibi olur; genç beden gerilir, kolları bedene bağlayan, belden kalçalara inen kaslar tatlı pürüzsüz kavisler çizerek uzar, kızın kafası memnuniyetle yana düşer, o halde adama bakar; adam da bir kez daha şahlanırdı gençliğin üzerinde.

Çoğu kez kendini yeterince tutamasa da memnun ederdi kızı. Öyle olduğunu düşünüyordu. Hayatında yüzlerce kez yaptığı bu rutin, giderek de komik gidiş geliş hali, bu kızla beraber başka bir hale bürünmüştü sanki. Onunla sevişirken aldığı tadın, bu tedbirli ve taze giriş çıkışların, eski sıradan hazlarından biri olmadığını iyice biliyordu artık. O, kızın genç teninin ipeksi yansımalarından, üzerinde kıvrılıp ilerilere uzanan bedenin gergin ve canlı parçalarının birbirine eksiksiz bir armoni gibi bağlanan akışkanlığından gözünü alamıyor, hatta bundan büyüleniyordu.

Öğle sonrasının perdeden kaçan ışığı, kızın gergin karnını yalayarak küçük şeffaf tüycükleri parıldatıyor; adamın tedirgin dili, göbeğin taze derisi üzerinde iştahla, ama incitmemeye, korkutmamaya dikkat ederek geziniyordu. Dil karanlık yuvasından kıvrılarak uzanıyor ve nasılsa hep daha derinde olan o tadı yakalamak için ürpermiş tenin üzerinde uzun zaman harcıyordu. Adam sanki o güne dek hiç yaşamadığı, ama uzaktan görüp, tahmin ederek için için özlem duyduğu, o renkli gazete sayfalarından gözükür gözükmez insanı etkileyiveren, pırıltılı dünyalara ait bir lezzeti arıyordu genç bedenin üzerinde. Elini, bacakların aşağılarından küçük bir ormanla kaplı apışarasının yıldızına bağlayan ince kas iplikçiklerinin üzerine yavaşça kaydırıyor, bütün o kıvamlı akışkanlıkla incitmeden ama haz alarak oynaşıyor, bütün bu gençliği, insanı dirilten taze bir kaynak suyu gibi içine akıtıyor, ruhu coşkuyla doluyordu.

Sonra birden duraksıyor, gözlerini kocaman açmamaya dikkat ederek baktığı bütün bu görüntünün biryerlerde gördüğü fotoğraflara, filmlere benzediğini düşünüyordu. O zaman içinde şehvetten başka tür heyecanlar da kımıldanıyor, biraz telaşlanıyor, bu manzarada kendini olması gerektiği gibi tutmak için çaba sarfetmeye başlıyordu. Kendi gıdısı, memeleri, göbeği ve birçok bölgesindeki sevimsiz torbalaşmalar tek tek aklına geliyor, bu tablolara benzer manzara bozulmasın, dahası kıza kötü gözüküp "Ne yapıyorum ben ya!" dedirtmesin diye, orta yaşı geçkin bedenini garip hallere sokup, geriyordu. Tabii bu arada küçük oğlanı ayakta tutan 'kendini şehvete bırakma duygusu'nu da ihmal ediyordu. Sonunda olan oluyor, bu gereksiz beyinsel gerilime ayak uyduramayan ufaklığın canı sıkılıyor, kabuğuna çekilme emareleri göstererek, oyundan uzaklaşmaya başlıyordu.

Adam o an inanılmaz bir panik yaşıyor, ani bir kararla kendini gidiş gelişe yoğunlaştırmaya çalışıyor, hatta konsantrasyonu bozulmasın diye gözlerini sımsıkı kapatıyordu.

Sonunda yapabildiği kadar ilerleyip, yorgunluktan canı çıkmış halde kızın yanına yığıldığında içi şüphelerle dolu oluyordu. Neden sonra kızın gülümseyen bir yüzle getirdiği meyve suyuna bakarken şüpheleri dağılıyor, içinden "Gençlik muhteşem!" diyordu.

Evet, gençlik muhteşemdi. Ve o genç bedenlerden biri az önce onun üzerindeydi. Ya da altında… O da bütün gücüyle ayakta durmuş, bu işi becermişti. Küçük oğlan da, ufak tefek sekmeler dışında, onu mahçup etmemişti. Ama —bu biraz komikti aslında— son saniyede az daha içeri kaçıracak, bütün gücüyle boşalacaktı. Yapabilirdi. Dışarı çıkmadan önce, kısacık bir an bunu istemişti de. Yeni bir hayat verebilirdi o kıza. Aslında bu ne zamandır aklına geliyordu. Kızı hamile bırakma ihtimaline karşı kendi kendine kıkırdıyor, "Aman, dikkat etmeliyim," diyordu. Bu ihtimalin hoşuna gittiğini bile bile… Genç bir kızın onun çocuğuna hamile olması… Onu yanında gezdirirdi gururla. Kimbilir çocuk da iyi birşey olurdu belki. "Neden olmasın? Ama hemen değil, hemen değil. Dur bakalım. Biraz yaşayalım."

Trafik henüz sıkışmamıştı. Etrafta hızla çoğalan arabalar, bu erken saat boşluğundan fırsat, sürat yapıyorlardı. O ise, elini camdan çıkarmış, kızın evine doğru akıyordu yavaş yavaş... Duraklarda bekleyen uykulu insanlar da aynı arabalar gibi çoğalıyor, güneş bütün o güne isteksizce başlayan tatsız yüzleri acımasızca aydınlatıyor, doğal olarak kimse birbirine bakmıyordu.

Bir iki kez telefonu eline alıp kızı aramak istedi; ama kıyamadı. Eve gelmek üzere olduğunu değil, işe gittiğini ve dayanamayıp aramak istediğini söyleyecekti. Ama hem kıyamadı hem de tümüyle sürpriz olsun istedi. Kıza kapı ağzında mahmur mahmur durup bakınırken ve ne olduğunu anlayamadan sarılacaktı. "Daha büyük bir ev mi tutsak acaba?" dedi. Kendi sesini radyoda sabah sabah olmadık saçmalıklar yaparak insanları güldürmek isteyen zevzek spikerin sesiyle birlikte duydu. Gülümsedi.

Radyo kanalını değiştirdi. "Bugün İstanbul..."

V

Apartmanın dış kapısı herzamanki gibi, sağlam bir itince gacırdayarak açıldı. Kapının eskiliği ilk kez böylesine battı adama. Her yanı paslanmıştı. Durdu. Lacivert boyası yer yer atmış, alttaki boya tabakaları kat kat sırıtan kapıya ilk kez dikkatle ve aşağılayarak baktı. "İnsan bir boyar şunu yahu! Sahanlığı da bir süpürür. Sigara izmariti dolu... Yeni bir apartman bulmalıyız," dedi. "Bu kadar da değil bunca yıldan sonra... Kızın da canını sıkarım. Hem o gece çalışıyor. Bir oda daha olmalı en azından."

Merdiven de çok tozluydu. Trabzanlara dokunmaya çekindi. Neden şimdiye kadar farketmemişti ki? "Şurayı üç kuruş verip temizletmiyorlar," dedi, merdivenleri çıkarken. İlk iki kat boyunca birkaç kusur daha bulduysa da içindeki heyecan son basamakları ve tüm merdiven boşluğunu hızla bulanıklaştırmış, kızın dairesinin kapısına geldiğinde, apartmanın döküntülüğü ya da bütün gece düşünüp kurduğu hayaller hafif bir başdönmesiyle birlikte kaybolmuştu.

"Heyecanlandım yahu!" dedi kendi kendine. Aslında midesinin üzerindeki boşalmaya bakılırsa ayan beyan korkuyordu. Bavulu yere bıraktı. Öteki elinde, iki gündür arabanın bagajında saklanan, enfes bir ayakkabı çiftinin olduğu torba vardı. Kıza yakışacaktı. Zili, uyandıracağını bilerek birkaç kez üstüste çaldı. Cik cikleri acıklı şekilde azalan bu zilden de kurtulunmalıydı.

Kapının açılması uzun sürdü. Kızın üzerinde telaşla giyiliverdiği için bir yakası içe kıvrık kalmış bir gecelik vardı. O kıvrımdan iri göğsün kışkırtıcı beyazlığı gözüküyordu.

Kız adama şaşkın şaşkın bakarak "Sen... Bu saatte," gibi birşeyler geveledi.

Adam, onun sabah şaşkınlığında olmasını normal karşılayarak, planladığı gibi sarılmasının zamanı olmadığını düşündü. Elinden geldiğince içtenlikle güldü kıza... Sonra da bavulu alıp, içeri doğru ilerlemek için hareketlendi.

Kız, ne yapacağını anlayamamış gibi sağa sola yalpalasa da sonunda çekilip, yolu açtı.

Artık içerdeydi adam. O da ne yapacağını kestiremiyordu. İçindeki heyecana bir parça pişmanlık da eklenmişti ama cesaretini kaybedecek değildi. Bavulu antreye bıraktı, ayakkabılarını çıkarmak için bir adım daha ilerledi yeni hayatına. İşte o an yatak odasının rüzgarla kımıldayan tül perdesinin önünde, güneşin ilk ışıklarıyla çıplak vücudu pırıldayan genç bir adamın, yatakta beline kadar doğrulmuş olduğunu gördü.

Şaşkınlıkla birbirlerine baktı iki adam.

— • —

Bekleyiş…

I

Masadan oluklu bir demir çubukla yükselen, bordo kumaş şapkalı lambanın ışığı, bir kızın masanın üzerinde huzursuzca kımıldayan zarif ellerini ve ince hatlı yüzünün bir kısmını aydınlatıyordu.

Kenarlara doğru bir çizgi haline gelen, biçimli dudağının bir kıyısı birşey düşündüğünü belli eder gibi arada hafifçe seğiriyordu.

Adamın gelmeyeceğine emindi artık. On dakika önce saatine bakmaktan vazgeçmişti. Masanın üstüne bıraktığı cep telefonu, kararmış ekranı ardında geleceğin haberlerini biriktirmeye devam etse de, şu an kımıldayacak, yüzünü telaşlı bir floresan ışıkla aydınlatıp, sonunda beklenen haberi verecek gibi gözükmüyordu.

Kimse, "Kusura bakma birtanem. Canım benim... Seni beklettim. Burada bir kaza oldu. Ama korkma birşeyim yok. Hemen geliyorum. Gelince herşeyi anlatırım. Seni seviyorum." demeyecekti.

Hayır! Öyle bir ses çıkmayacaktı, karanlıklardan topladığı dedikoduları, kendi ulaşılmaz dünyasında sinsice biriktiren lânet olası cihazdan. O da tiksinir gibi baktı telefona. Sonra da aklına başka bir tatsızlık daha gelmiş gibi anlamlı bir sıkıntıyla gülümsedi. "Tıpkı ortalıkta herşeyi bilir gibi bilgiç bilgiç gezinen ama gerçek bir ihtiyaç duyduğunda sesleri de kendileri de yok olan dostlara benziyor bu da..." diye düşündü. "Sadece bir süs! Onlar gibi gereksizken hep ortalıkta... Ama insanı rahatlatacak bir kelimecik arasan, hemen hiçbirşeyi elevermeyen şeffaf yüzlerinin arkasına soğukkanlılıkla saklanıveriyorlar. Herkes, herşey mi sahtekâr ? Ne yapacağım böyle?"

Evet! Bu bencil cihaz da kendilerine ait gizli dünyalarda yediği naneleri herkesten olduğu gibi bu kızdan da sinsilikle saklayacak, ona şu an asıl beklediğini asla ulaştırmayacaktı. Tıpkı biraz daha ilgi beklediğimiz için bu sonsuz, bu saçma kumpasın gülünesi bir parçası olmayı dünden kabul etmiş olan herbirimize olduğu gibi.

Kız da "Oh ya! Nasıl merak ettim bilemezsin. Sen iyisin değil mi?" deyip rahatlayamayacak ve yaklaşık kırk dakikadır ruhunu ezen sıkıntı, tekrar tehlikesiz meraklarla dolu huzurlu bekleyişlerden birine dönmeyecekti. Dakikaların daha az acı vererek geçtiği, o sabırsızca kıpırtılı, ama bize doğru gelmekte olana her an biraz daha ait olduğumuz o malum bekleyişe...

Ama başka telefonlar inadına çalıyordu etrafındaki masalarda. Herhangi bir acı paylaşımıyla, bilmem kimin reklamı arasında fark bilmeyen küstah cihazlar, anlaşmış gibi birbirini uyarıyor, çeşit çeşit melodik ve metalik ses kesintisiz bir yankı gibi kafeyi dolduruyordu. Telefonu çalan seçilmiş kişi, mağrur tavırlarla başka bir uzaya geçiyor, haberler alıp haberler veriyordu. Derin ve uzak çınlama sesleriyle mesajlar geliyor, çatılmış kaşlarla telefon ekranına bakan insanlar, kendilerini gerçekten ilgilendiren anlamı bulup çıkarmaya çalışıyordu.

II

Midesini ağrıtmasına rağmen bir kahve daha söyledi kadın. Bu kez tedbirli davranıp, sütlü istedi. Ama hemen durdurdu garsonu. "Peki! Capuccino olsun."

Garson, bu zarif müşterinin kararsız isteğini aklındaki başka siparişlere ekleyerek, kafası karışık bir yüzle yanından uzaklaşırken; o, çantasını yakalamış, elini huzursuzlukla çantasının karmakarışık, gizli dünyasında gezindiriyordu.

İnce bir sigara paketi, desenli bir çakmak...

Şimdi, kültablasından yükselen mavi duman, lambanın eskimiş, pilili şapkasını yalıyor, şapkanın bitiminde, şapkayı tamamlayan, altın rengi halkanın üzerinde gizemli dansını bir süre daha ederek kayboluyordu.

Neden bu vefasız adama bağlanmıştı ki? Bu takıntısı yüzünden hergün, her sabah acımasızca yeniden başlayan bir çilenin içinde, bir an sonra ne olacağını bilmeden savaşıyordu. "Bugün görebilecek miyim? Ne kadar yanımda kalacak? Karısı sonunda onu bıraktı mı? Beni gerçekten seviyor mu?" Bir an durdu ve kelimelerin üstüne basarak mırıldandı "Beni gerçekten sevdi mi?"

Bir el, masayı kararsızca aydınlatan ışığın içine girdi ve beyaz, büyükçe bir fincan bıraktı. Kahvenin üzerinde kabaracağı alan kendisine yetmeyen beyaz köpük, sağdan soldan, tıpkı gereksiz hayallerin peşinden giden tutkular gibi kabından taşmıştı.

Kadın, ince parmağıyla fincanın kenarını sıyırıp, köpük kalıntılarını ağzına götürdü. "Ne kadar oldu?" diye düşünüyordu. "Neden kopamıyorum? Neden bağlıyım böyle? Şimdi şuradan çıkıp gitsem, yeni bir hayata başlasam ne olur? Onu, son iki yıldır beni darmadağın eden bu ilişkiyi, tümüyle geride bıraksam... Telefonlarımı kapasam. Hatta kendi evime değil annemin yanına gitsem bir süre?" Durdu.

Telefonu eline alıp, kayıtlı telefon numaralarına baktı alışkanlıkla. A dan C ye kadar... "Belki de başka bir şehre gitmeliyim bir süre. Onu unutacak kadar kalırım. Yeni bir iş, yeni insanlar filan. Sanki tek o var dünya üzerinde." Birşeyleri küçümsermiş gibi yüzünü buruşturdu.

Telefonu tekrar masaya bırakıyordu ki, birden yüzü aydınlandı cihazın. Telefon saçma sapan bir tepkiyle titremeye başlarken, kırık yüreği herşeyi affetmeye hazır olarak daha hızlı çarpmaya başlamıştı bile. Yine de az önce edindiği gücü hemen feda etmeye gönüllü gözükmüyordu. Bunun acısını çıkaracaktı. Küskün bir yüzle telefona baktı.

Annesiydi arayan. Birden ağlamak geldi içinden. Hüngür hüngür ağlamak ve annesine herşeyi bütün ayrıntılarıyla başından sonuna anlatmak... Ondan kendisine yardım etmesini istemeliydi. Adamın ona nasıl kötü davrandığını, onu hep kötü halde bıraktığını, hatta bir keresinde herkesin içinde öylece terkedip gittiğini. Yanındayken de yokmuş, o orada değilmiş gibi davrandığını, onu aşağıladığını, onun bu aşağılanmayı haketmediğini... Hele bir keresinde bir otelde...

"Efendim anne?" Nedense kızgın gibiydi sesi.

"Kızım iki gündür aramadın?"

"Aman anne, evhamlanma yine. İyiyim ben. Biraz canım sıkıldı. Paramı vermediler daha. Ama yarın alırım. Sen iyi misin?"

"Bende var biraz, gel bana."

Annesinin yanına, koltuğunun altına girmek, ağlamak, bir şeyleri kırmak, yine ağlamak, onun sakinleştirici öpüşünü, şefkatini istemek... Olacak şey değildi elbet. Asla anlamazdı annesi. Anlamayacaktı. Hatta suçlayacaktı onu. Hangi şefkat?

"Ne? Ailemizi de mi düşünmedin?" derdi. "Metres..." Bu her aklına getirdiğinde yok saydığı kelime, annesinin ağzından çıkıyormuş gibi yankılandı kafasında. İyice ağlayacak gibi oldu. Oysa onların ilişkisinde o kelimeye sığmayan o kadar çok şey vardı ki... Annesine neyi anlatacaktı ki? "Hayır! Bir de annemle uğraşamam," diye düşündü.

"Tamam anne! Tamam! Gelirim birara. Sen doktora gitmezlik etme bu hafta. O randevuyu zor aldım."

Kafenin dışında, kapının aydınlatılmış girişinde bir kalabalık oluşmuştu. Bir grup genç ayakta konuşup, şakalaşmaya başlamıştı birden. Yeni buluşmuş olmalıydılar. Bazen birbirlerinin sırtına şakacıktan şaplaklar vuruyor, gençliğin pervasızlığı ve özgüveniyle yüksek sesle konuşuyor, anlaşıldığına göre nereye gideceklerine karar vermeye çalışıyorlardı. Onların gölgeleri yüzünden zaten loş olan kafenin içi daha da loşlaşmıştı.

İçeride masalarda oturanlar, yeni ışığa alışmak için kıpırdandılar.

Kızın yanındaki masalardan birinde, sivri sakallı, yaşlı bir adam, altında kat kat göz torbaları sarkan, küçük, çipil gözlerini dikmiş onu izliyor gibiydi. Önünde bir içki vardı. Viski gibi birşey. Kız ona bakınca, garip, her anlama gelebilecek şekilde gülümsedi adam. Rahatsız edici bir gülüş.

"Ondan ne bekliyorum?" dedi kız, kendi iç dünyasına dönmeye çalışarak. "Beni sevmesini... Onunla daha fazla zaman geçirmek...Çok mu bu? Çok mu?" İçinden yine ağlamak geliyor, gırtlağına yükselen düğümlenmeyi bastırıyordu. Hırsla kavradığı fincandan, koca bir yudum içti. Dudağının üzerinde kalan bir parça köpüğü diliyle alırken kafasını kaldırıp, lambanın ötelerine bakmak, biraz kendinden kurtulmak istedi.

Yan masadaki adam hâlâ aynı haldeydi. Sakalıyla oynuyor, yanağının tek yanını buruşturan garip gülümsemesi ve çeşitli vaatler taşımasını istediği bakışlarıyla dimdik kadına bakıyordu.

Kafasını çevirdi kadın. Yüzünü buruşturdu. Olan biten herşeyden tiksiniyor gibiydi. Birden ne zamandır içinde büyüyüp duran sıkıntıya artık bir gıdım daha katlanamayacağını, her an patlayabileceğini düşündü. Bir an önce burdan çıkıp gitmeliydi ... Ama herşeyden önce kalkıp, fincanın derinliklerinde pörsümüş süt kalıntılarıyla karışarak iyice iğrençleşen kahve kalıntısını yaşlı adamın kafasına dökmeli, sonra da eliyle iyice sıvazlayarak o sivri kele yaymalıydı. Garsona el etti.

Az sonra küçük çantasını koltuğunun altına sıkıştırmış, kafası kararlılıkla kalkmış halde kafenin aydınlık girişinden çıkıyordu. Fakat kaldırıma çıkınca ne olduysa ilerleyemedi. Sanki birşey onu tutmuş, olduğu yere mıhlamıştı. O da, olduğu yerde —kafenin kapısından bir adım ötede, dar kaldırımın kıyısında— dimdik durmayı seçti.

Bir araba hızla geçti.

Kadın, ince bedenini, ışıkları bölerek geçip duran insanlara meydan okuyormuş gibi ileri itti. Tek istediği biraz daha güçlenebilmekti şimdi. Öyle hissettiğinde, çok iyi biliyordu ki bu cafe'yi de, bu lanet kaldırımı da, o belki az sonra gelen arabadan çıkması ümidindeki sevgilisinin hayalini de terkedecekti.

Sokak lambalarının önünden silüetler geçiyor, bazı aydınlık noktalarda durmuş insanlar, hemen yanıbaşlarında çekilen türlü acıdan habersiz, muhtemelen boş boş lak lak ediyorlardı. Az önce kafenin önündeki genç grup, şakalaşmaktan yürümeye vakit bulamamış olmalıydı ki ancak karşıda ve biraz ilerideydi.

Kadın, dimdik duruşunu bozmadan, gelip geçen arabaları gözucuyla süzüyor, ama hâlâ bulunduğu yerden ayrılamıyordu.

Bir taksi tam önünde durdu.

Taksiden şık giyimli, hafifçe toplu bir kadın çıktı. Kafasını arabanın içinden alamıyordu. Belli ki içeride başlayan konuşma devam ediyordu. Üzerinde bol plili, sağından solundan siyah tüller fışkıran koyu kırmızı saten bir elbise vardı. Bir davetten dönüyor olmalıydılar. Ya da gidiyor... "Bana inanmadı biliyor musun?" dedi, taksinin içindeki karanlığa doğru. Bunu derken tombul elini boşlukta hafiflikle sallamış, o sallamayla birlikte koca kalçaları başta olmak üzere bütün bedeni çok kısa bir süre, ahenkle çalkalanmıştı.

Birkaç dakikadır orada dimdik duran kızın o gergin ciddiyeti biraz dağılır gibi olmuştu onların gelişiyle. Taksiden inen kadına baktı yan gözle ve "Mutlu! Herşeyiyle mutlu. Bunun da farkında," dedi kendikendine.

Az sonra -beklendiği gibi- bir de adam çıktı taksinin karanlık dünyasından. Maharetli, orta yaşı geçkin olmasına karşın hâlâ çevik bir adamdı. O da şıktı. Hatta kadından daha oturaklı...

Adamın ceket cebindeki mendili gördü kız. Neden herşey içini acıtıyordu şimdi?

Adam da konuşmanın heyecanına kapılmış gibiydi "Sorma!" dedi, tombul ve mutlu kadına doğru. Ama tam o anda sustu. Hemen yanıbaşında dimdik duran kadını görmüştü. Kadının taksiye bineceğini düşünüp, kibarlık etmeye karar verdi. Kapıyı açık tutup, buyur edercesine kafasını eğip, gülümsedi.

Yaptığı naziklikten memnun gözüken adam ve açık kapı karşısında bir an duraksayan kadın, kafasını hafifçe çevirip, keskin bir yan bakışla kafenin içine, sarı ışıkların birer leke gibi durduğu derin loşluğa baktı. Sonra döndü ve kapının koluna yapışmış, bir an ne yapacağını —kolu bıraksın mı kibarlığa devam mı etsin— kestiremeyen adama içten ama kadınsılıkla gülümsedi. Sonra da kendini taksinin karanlığına attı.

Kapı tok bir ses çıkarıp kapanınca, sarsıldı kadın. Karşıdan gelen arabaların farları taksicinin onu aynadan izleyen yüzünü yalayıp geçiyordu. Kısalan nefes aralıklarını ve sesine sinen hıçkırık tınısını elinden geldiğince saklamaya çalışarak, "Fenerbahçe, lütfen!" dedi.

Araba hareketlendi. Koltuğa gömüldü kadın. Elinde sımsıkı tuttuğu, terden nemlenen telefonu, o nemrut, karanlık ve şeffaf yüzü görecek kadar kaldırdı. Şehir, ışıklar halinde akıp duruyordu iki taraftan. Herşeyden nefret ediyordu. Parmağını kapatma tuşuna uzattı. Sonra da usul usul ağlamaya başladı.

— • —

Yabancı…

I

O bildik, gittikçe uzayan, sıcak günlerden biriydi yine. Anacaddede birbirinin peşinde sıkışmış arabalar huzursuzca homurdanıyor, konuşacak güçleri kalmamış insanlar, araba camlarının ardından bezgin bezgin birbirine bakıyordu. Geniş kaldırımı fiyakalı bir paravanla sınırlayan ve epeyce büyük gözüken şantiyede ise durmayan bir hareketlilik vardı. İş makinaları harıl harıl çalışıyor, güneşte sahte mücevherler gibi çeşit çeşit pırıldayan tozdan perdeler arasında yeni nesil masal canavarları gibi gidip geliyorlardı. Koca alanın her yanından kendine göre bir gürültü yükseliyor, ellerinde bir takım kağıtlar ya da küçük nesnelerle bazı kasklı insanlar silüetler halinde ordan burdan çıkıyor, sonra birden kayboluyorlardı.

Toz... Herşey toz içindeydi. Bu minicik ve sonsuz evrensel tanecik ordusu ortalıkta bulduğu herşeyin üzerini anında kaplıyor; hemen bir kabuk haline gelerek ne var yok herşeyi eskitip, aynılaştırıyordu. İnsanlar, bu toprak renkli sisin içinde ellerini kollarını sallayarak alışkın hareketlerle ilerliyor, tozun bir volkan gibi patlamalarla yükseldiği alanın ortasındaki devasa çukura çekinmeden girip çıkıyorlardı.

"Yazın iyice zor bu işler," dedi, mimar kadın. Elindeki kalın defterin kabına elini vurdu birkaç kez ve hafif bir toz bulutu yükseldi defterin deri kaplı yüzünden. "Günler alabildiğine uzuyor ama garip biçimde hiçbirşey gerçekten bitemiyor."

Uzun boylu, esmer bir kadındı. Akıllı bakan, hafifçe çekik siyah gözleri, alımlı bir yüzü vardı. Burnu öne doğru hafifçe kemerlenerek sivrilir, sinirli ya da dikkatli anlarında kanatları hafifçe titrerdi. Çekici bir hatundu yani. Ama o bunu önemsemiyor gibi yaşardı. Şantiyedeki işine başlayınca, uzun saçları baretin içine sığmıyor diye hemen gidip kestirmişti. Sabahları ilk işi, yumuşak kıvrımlı bedenini, toza toprağa bulanmış, sıradan bir tuluma sevinerek sokmak olur, sonra işe henüz başlayanların arasında, günün o belirsiz kıpırtılar veren taze enerjisini almak için şöyle bir gezinirdi. Sonra şantiye binasında günün programını inceler, kimi konuları iyice detaylandırırdı. O sırada biri gelir birşey sorar, kalkar peşinden gider, içtiği çay hep yarım kalır, kalıp tahtaları üzerine birşeyler çizer, oradan oraya derken akşam oluverirdi. Ama o bundan, yani günün böyle akıp gitmesi içinde kendini kaybetmekten hiç rahatsızlık duymaz, tersine, nerdeyse derin, olgun bir zevk duyardı.

Ortaklarından biri de olduğu mimari ofiste bu projenin sorumlusuydu. Bu detaylı projenin imalatında bizzat çalışmak istediğini söylemişti arkadaşlarına. Büyük, ilginç bir projeydi. Dediğine göre: yeryüzünün isteklerine karşı koyarak ona kendini kabul ettiren değil, onun akışkan kıvrımlarını takip eden, toprağın üzerinde ve içinde, yeryüzüne ait ama tümüyle başka bir canlı organizma gibi yaşayan bir yapı olacaktı. İçe dönük ve rüzgârlarla biçimlenmiş gibi...

Biraz bu orjinal projeyi sevdiğini, biraz da gerçek hava solunabilen bir hayatı özlediğini söylese de; bu sıralar canını sıkan, öyle pek de dile getirilemeyecek, bir nedeni daha vardı ofisten uzaklaşmak istemesinin. Elbette ayıp birşey değildi. Sadece garipti. Ve doğrusu kendine bile nasıl açıklayacağını bilemiyordu. Herşeyden önce, anlık bir histi. Bir anda gelip geçiyor ama onu etkiliyor, huzursuz ediyordu. Son zamanlarda, özellikle de ofiste ve uzun çalışma saatlerinden sonra başına geliyordu bu garip durum. Ne olduğunu başta pek anlayamamış, açıkçası biraz da ürkmüş, bunu hem yorgunluğuna hem de sürekli aynı yerde kalmasına yormuştu. Öyle anlarda birden ne yaptığını tümüyle unutuyor, sanki bütün benliği kocaman, duygusuz bir merceğe dönüşüvermiş gibi oluyordu. Soğuk, elinden seyretmekten başka birşey gelmeyen uzak bir dünyaya çekiliveriyordu birden. Bir süre için boş bir kasede kayıt yapan ve neye baktığını, bakacağını bilmeyen bir kamera gibi sağa sola bakınıyor, olan bitenden hiçbirşey anlamıyor, anlamlandıramıyordu. Dahası içinde, etrafını anlamlandırmasına yarayacak bir his, bir soru da belirmiyor, olduğu yerde kımıldayamadan duruyor, yapabildiği tek şey olarak, büyümüş gözlerini etrafını saran eşyalardan ve insanlardan alamıyordu. Spotlar, bilgisayar ekranları, morararak hatlarını kaybetmiş yüzler ve garip yansımalarla insanın gözünü alan renkli renksiz bir sürü alet edavat karşısında başka dünyalardan oraya atılıvermiş biri gibi kalakalıyordu.

Neden sonra o bulanık uzaklığın içinden bir ses –mesela ona birşey soran teknik ressam- onu inatla uyarıp, dünyaya çağırıyor, o sese başka bir dünyadan, boğuk, kurgulu bir sesle cevap verse de az önceki yabancılaşmanın aksi ruhunda bir müddet sürüyordu.

Kendine gelip, dünyası yerli yerine oturduktan sonra elindeki işe biraz ara veriyor; ofisin büyük camından, akıp giden trafiğe, şehrin üzerinde koşuşan bulutlara bakıp rahatlıyor, tekrar işine döndüğünde de, bu kez üzerinde uğraştığı şeye uzun süre odaklanamıyordu. Sonunda bir kenara kapanıp, anlamsız bir şeyler çiziktirmeye başlıyor, neden sonra kafasını kaldırdığında da, herşeyin bir oyun, kendininse hiç büyümemiş, hâlâ defter kenarlarına süs yapan küçük bir kız olduğunu düşünüyordu tatsızlıkla.

II

Şantiye hep farklı bir dünya olmuştu güzel mimarımız için. Son yıllarda ofiste kalmak zorunda olsa da, mesleğe yeni başladığı yıllarda zevkle koşturur dururdu inşaatların içinde. Narinliğinden çekinmeden bütün çukurlara iner, içine beton akıtılacak özel tasarım kalıpları tek tek kontrol eder, bazen bir koşu proje odasına dönüp, o malum yarı boş çay bardakları, sigara tablaları, kalem sürüleri içinde kağıt rulolarını karıştırırdı telaşla. Neden sonra, rengi soluk ya da tozdan öyle gözüken bir kağıdı yakalayıp, masanın üzerine yayar, bu arada kan ter içinde kalıp, enerjisi tümüyle tükenmiş olsa da kendini iyi hissederdi. Sonra bir heves, kağıt üzerindeki çizgiler evreninde gözleriyle ve parmaklarıyla gezinir, en sonunda da aradığını bulmuş olarak, tekrar hızla olay yerine, aslında herşeyin olup bittiği yere dönerdi. İşte o anı, o elindeki bilginin gerçeğe dönüşeceği anı ölesiye severdi. Işıltılı ofislerde, kâh büyük beyaz masalarda, kâh bilgisayar ekranlarında titizlikle yanyana getirerek çizilmeye çalışılan o sonsuz çizgi demetlerinin gerçekten bir işe yaradığına ancak böyle inanabiliyordu çünkü.

Proje yapmak pek de yaratmak değildi ona göre. Hatta sadece kendi başına kalınca bir hiçti yazmak, çizmek. Ama ne zaman ki o koca makinalar, toprağın üzerinde homurdanarak eşinmeye ve o elleri ve karakterleri sert, kirli adamlar, ortadaki birşeyleri duygusuz bir işbilirlikle birleştirmeye başlıyordu; işte o zaman oluyordu ne oluyorsa... Bir büyü gibi o kâğıtlar da canlanıyor, elinde olmadan şaşırıyor, içine hem çocuksu bir heyecan hem de gururlu bir güven geliyordu.

"Gerçeğin canlılığı!" böyle demişti kocasına bir keresinde. "Buna bayılıyorum. Gerçek bir şey olmaya başladı mı, o ana kadar hayal olan, hatta o kadar bile olamayan herşey canlanıyor, hayat buluyor. Evet! Gerçek olmayınca hayaletler işgal ediyor hayatımızı. O olmasa herşey fasa fiso."

Böyle diyordu ama der demez de bir düğmesine basılmış gibi duraklayarak içine dönüyor, bir çocuğu olması hayaline kapılıyordu. Daha yakınlarda kocasıyla bunun için uygun zaman olmadığını kararlaştırmış olsalar da "İşte! Çocuk, gerçek birşey," diyordu. "Yoksa evlilik kâğıtları ne ki?"

Çalışanlara –çoğu kez onu kandırmak, işin kenarından geçmek, kolayına kaçmak, hatta alay etmek için elli numara yapsalar da- hayrandı. Onlar işlerini yaparken orada kalakalır, çekiçler, çiviler, tahtalar, civatalar, kalıp blokları, demirler, yeni beton kolonlarından tehlikeli şekilde fırlayan demir çubuklar arasında, o becerikli, yaptığı işi düşünmesine gerek duymuyormuş gibi hareket eden elleri ve sağa sola kıvrılarak uzanan çoğu genç bedeni büyülenerek seyrederdi. İnsanın bu işleyen hali, çizgileri keskinleşmiş, sinirlerle kaplı kas parçaları, morarak şişen damarlar ve giden gelen nesnelerin yerine yerleşmeleri arasında hazla gülümserken yakalardı kendini. O zaman bir anlığına seyir halinden sıyrılarak o da işin içine girer, çalışan kasları bir süreliğine durdurarak bazı ölçüler almak isterdi.

Kas kütlelerinin sahibi esmer ve kirli yüzlerde hafif bir şaşkınlık ifadesi okunur, afallamış olarak birbirlerine bakarlardı.

O zaman ustabaşı yetişir, bir kafa hareketiyle hepsini geri çekerdi.

Onlar da gözlerini kısarak emre itaat eder, mimar kadının hareket edeceği alanı açarlardı yavaşça. Hiç ses çıkarmadan, kadının bir yerlere acemice tırmanışını, metreyi tutuşunu izlerlerdi bir süre. Ne olduğunu çoğu anlamazdı. Bu kadın nedir, neden böyle işin ortasında oraya girip ölçü alır, sormazlardı. Onlar ustabaşına bakarlardı. İlk şaşkınlıkları geçtikten sonra da mimarın kadınsı kıvrımlarına... Kadın eğilip kalktıkça, tulumdan dışarı uğrayan kalçasına, gömleğin yakasından pek az da olsa görünen beyazlığa bakarlardı çaktırmadan. Onun bir kadın olduğuna iyice emin oldular mı da gözle görünür halde kafalarını kaldırır, nerdeyse gururlanarak şişinirlerdi.

Tüm bunları görürdü mimar kadın. Aynı zamanda estetik bir işle uğraştığından, işçilerin gözüne nasıl bir kadın olarak gözüktüğünü onların gözünden de görür, ama ümit verecek hiçbir harekette asla bulunmaması gerektiğini iyi bilirdi. Onların yanında kadınlığını olabildiğince bastırır, hareketlerini denetler; bakışlar yine de değişecek olursa - son tedbir olarak- etrafa sert sözlerle emirler vermeye dikkat ederdi. Tabii ne kadar sertlikle hareket etse de sonunda bir kadın olarak izlendiğini hep hissederdi. O da kenarda ter içinde soluyan, dikleşerek kendini göstermeye çalışan bu kirli bedenleri, çaktırmadan, gözucuyla süzerdi. Bu durum açıkça hoşuna gidiyordu.

Kimisinin üstünde yırtık pırtık bir atlet olurdu işçilerin. Kimisinin ise belden üstü çıplak... Ter, yağ ve her türden tozdan mamul, asfalta benzer gri bir çamurla kaplanan bedenlerdeki kaslar iyice belirginleşmiş olurdu.

Bu kirli, sert yüzleri ve yüzlerin içinde kıvılcımlar çakan çoğu siyah gözleri taşıdıkları bütün anlamlarla görürdü kadın. Onların ağır kokularını hisseder, hiçbirşey sezdirmeden, onlar yokmuş gibi davranmaya devam ederdi. Bu arada beklemeye dayanamayarak birbirine sataşan, itişen işçilerin -sözümona sessizce- ettikleri küfürleri de duymazdan gelirdi. Bu çocuksuluklara içinden güler, bütün bunların tıpkı çimento, demir gibi işin bir parçası olduğunu bilirdi. Hatta bu bütünlüğün iyi sürmesinin, işin daha iyi olmasına yolaçtığını ilk birkaç aydan sonra iyice anlamıştı. Bir ahenk olmalıydı çalışmada, çalışanlar küfürler ederek eğlenseler de işi unutacak kadar işin içinde oldukları sürece sorun yoktu. Hatta daha iyiydi. Kadınsı bir ahenk ama erkeksi bir çalışma.

III

"Hiç olmadı şu bezdirici sıcakta ara verseydik," dedi mimar kadın.

Bugün herşeyde ayrı bir ağırlık vardı. Aslına bakılırsa son birkaç gün de pek iyi sayılmazdı. Projedeki bazı detaylar, yatırımcı zoruyla son dakikada değiştirilmiş, kaba bölümün imalatının düşünülenden en az bir ay sonra biteceği kesinleşmişti. O sevgili projenin bütünlüğü az da olsa yaralanmış, işin tadı —hemen her zaman oluverdiği gibi— kaçmıştı. Buna, insanın hareket etme isteğini ezen sıcağı ve bedenin kapalı yerlerine bile sızarak başka bir kabuk haline gelen, saç diplerine yapışan, o sonsuz, yıldırıcı tozu da ekleyince, aslında seve isteye başladığı bu işe, bugünlerde lânet ediyordu mimarımız.

Bir haftadır evde de yalnızdı. Kocası bir iş gezisi nedeniyle yurtdışındaydı. "Geldiğinde bir yerlere gidelim, biraz açılayım," diyordu kendi kendine. Şantiye binasının floresan ışıkları altında projelerin birbirine uymayan ölçüleri arasında bunalarak ilerlemeye çalışıyor, ölçüleri projeye yazan kıza demediğini bırakmıyordu. Kafasını sıkıntıyla kaldırıp, -garip, şantiyeye geldiğinden beri o yabancılaşmayı yaşamıyordu- çocuğu olması fikrine daldı yine; oradan da yarın gelecek olan kocasının beklentilerine... "Salondaki kanapeyi yenilememiz lazım," diyordu, böyle konularda bir avuntu arayarak.

İşte o sırada birden bir koşuşturma ve bağırtılar duydu dışarıdan. Makinaların uğultusu aniden susmuş, insanlar birbirine bağırıyorlardı.

"Koş!"

"Buraya çabuk!"

"Tutun şunu!"

"Hadi lan! Hadi! Allah kahretsin ya!"

Dışarıya fırladı kadın da... Aynı anda içinde büyük, acılı bir çöküntü oluştu. "Bir kaza oldu," dedi mırıldanarak ve büyük boşluğa doğru koşturdu.

Aşağıda büyük bir telaş vardı. Kendine yolaçarak ilerledi ve durumu anladı. Üst katın büyük çelik duvar kalıbı her nasılsa yerinden kurtulup, düşmüştü. Ve bağırışlardan anladığı kadarıyla da altında bir ya da iki kişi kalmıştı.

İşçiler hep birlikte beton kolonla, kullanılmaya hazır demir yığını arasına sıkışan kalıbı kaldırmak için uğraşırlarken, alttaki adamı, ne adamı, genç hatta bir çocuktu bu, gördü. Kıvırcık saçlı, en fazla onaltı, onyedi yaşında olabilecek çocuk, gözleri yuvalarından uğramış, acılar içinde bağırıyordu. Bir eliyle beline yanlamasına düşen bloğu itmeye çalışırken diğeriyle dışarıya bir yere tutunmaya çalışıyor, ama boşluktan başka bir şeyi avuçlayamıyordu.

Kadın, birşey düşünemeden yanına yaklaştı çocuğun. "Merak etme! Şimdi kurtulacaksın, kurtaracağız seni," dedi. Çömelip, tozdan, terden yapış yapış olmuş saçlarını okşadı gencin, acısını yatıştırsın diye, çaresizce... Sonra da titreyerek çırpınan elini tuttu.

O an bağırmayı bir anlığına kesti çocuk. Acıyla sımsıkı yumduğu gözlerini açıp, kadına baktı.

Kadın bir an şaşırsa da sakınmadı kendini, o da siyah, acı içindeki gözlere baktı ve çocuğun terli ama soğumuş elini şefkatle sıktı.

Acı içinde olanla onun acısını gören kendilerini saklamadan, apaçık bakıştılar çok kısa bir süre...

Sanki halinden utanır gibi oldu çocuk, ağzını açıp birşey demek istedi ama o anda gözleri kapandı; içi geçti.

Kadın da fena olmuştu. Midesi hızla bulandı. Neyse ki tam devrilip düşecek gibiyken, yanında beliren ustabaşı tutup kaldırdı mimar kadını.

"Hadi siz gidin Filiz Hanım, fena oldunuz, bir su için. Merak etmeyin, şimdi çıkaracağız onu," dedi ve işçilere bağırmaya başladı.

"Hadi, kalaslar geldi mi? Siz, dört beşiniz, sağ tarafı yavaşça kaldırın. Düşüreyim demeyin. Ötekiler de iki tarafa şu kalasları geçirsinler... Demirleri tutun lan! Hadi başlıyoruz. Hadi çocuklar! Hep beraber! Hadii!! Bir iki..."

IV

Ertesi gün sessizlik vardı şantiyede. Hayır, makinalar yine homurdanarak sağı solu eşeliyor; yine kamyonlar yarısı devrik duran geniş kapıdan sallanarak giriyor; yine beton kamyonları uzun gagalarını toprağın derinliklerine uzatarak içlerindekini kusuyor; bazı uzun demirler birbirlerine bağlı sürüklenerek bu darmadağın edilmiş yeryüzü parçasını geziyor, sonra uzun bir vincin eklemi bozuk, kırık, biçimsiz kolu olarak havada sallanıp bir yerlere konuyor; kısaca işler yürüyordu. Ama insanlar dünkü hallerinde değillerdi. Belki yine toz bulutu içinde kamburu çıkmış silüetler halinde oradan oraya gidiyor, yine bir şeyler taşıyorlardı ama üzerlerine sinen ağırlığı dağıtacak tek bir fazla kelime etmiyorlardı.

Şantiye dışından farkedilmeyecek bu sessizliği, kadın mimar ayan beyan görüyor, o da sadece gerekli olan dışında tek kelime edemiyordu.

Dün kaza geçiren çocuk ölmemişti. Ama artık yürüyemeyecekti. Omurgası ciddi biçimde zedelenmiş, sinirler harapolmuştu. Neyse ki ilk anda farketmedikleri kaza sırasında kayan demir tomarı bacağına düşen bir başka işçi, kazayı birkaç kırıkla atlatmış, bir iki güne hastaneden çıkacaktı.

Kadın beyaz masanın üzerindeki projeye aşırı bir dikkatle bakmaya çalışsa da gencin yüzü aklından çıkmıyor, uzayıp giden çizgileri takip edemiyor, aralardaki boşluklarda gözleri bulutlanıyor, dalıp gidiyor, neden sonra kâğıdın dalgalı yüzüne döndüğünde de neyle uğraştığını bile hatırlayamıyordu. Erken çıktı işten.

Gece kocası gelecekti. Onu düşünerek rahatlamaya çalıştı. Özlemişti. O giderek tombullaşan erkeğini istiyordu yanında. Onunla oynaşmak, herşeyi unutarak gülümsemek, bu neyin nereden çıkacağı belli olmayan hayatta biraz daha mutlu olmak istiyordu.

"Gerçek her zaman katlanılabilecek birşey değil bir yandan da," dedi, kendi kendine.

V

Akşamüzeri bütün ruhunu saran yorgunluğa rağmen önce evi toparlamaya girişti. Yalnız kalır kalmaz dağınık bekâr zamanlarına dönüyordu kendiliğinden. Öylesine ortalığa saçılmış eşyayı yerlerine koymak, kirli çamaşırları ayıklamak ve yatak için ilk kez kullanacağı çarşafları yaymak...

Biraz kendine gelmişti. Mutfağa geçip yemekleri hazırlamaya başladı.

Umduğundan erken geldi kocası. Daha mutfaktaki işi bitmemiş, üzerine birşeyler giymeye fırsat bulamamıştı. Olsun. Kapının sesini duyar duymaz fırladı. Kapıdan girmesine izin vermeden, uzun uzun sarıldı kocasına.

Şaşkın ve biraz da nefessiz kalan adamın "Dur, dur biraz, şunları bırakayım," demesiyle kendine gelip, kollarını ayırdı ve şöyle bir baktı kocasına. Ve herşeyi anladı. Adamın seyahati keyifli geçmişti. O an şantiyedeki kazayı filan anlatmamaya ve bu akşamlık olsun olası mutluluklarını bozmamaya karar verdi. Merdiven boşluğunun ışığı söndü. İçeri geçtiler.

Adam, kapının dışındaki iki bavulu içeri taşırken neler yaptığını anlatmaya başlamıştı bile. Üzerinde karşısındaki insanı tatlı tatlı gülümseten, yolculuğun o bildik havailiği vardı. Brüksel'i pek sevmemişti aslında; fazla steril ve malum Avrupa rahatlığında bir yerdi işte. Ama en önemlisi toplantılar umulandan kısa sürmüş, nerdeyse son iki gün ona kalmıştı. O da galerileri gezmiş ve doya doya alışveriş yapmıştı.

"Anladım," dedi kadın gülerek ve tekrar sarıldı kocasına; adam da onu boynundan öptü. Herşey tam ikisinin de sevdiği gibiydi şu an.

İçinde hâlâ acıyan, o boşluklu derinlik tümüyle kaybolmuş olmasa da kendini daha iyi hissetmekteydi kadın. Adamı yerleşmesi için bırakıp, mutfağa girdi tekrar. Salatayı çoktan bir kenara hazırlamıştı zaten. Ana yemek kalmıştı tek. Soya filizlerini, bir kap dolusu küçük karidesi ve bir sürü baharat kavanozunun yanyana duruşlarını düzeltti, bir tahtanın üzerinde bekleyen bazı yeşillikleri doğramaya başladı.

Akşam çoktan olmuş, dışarısı kendince kıpırdayan ışıklar dışında dikkat çekmez olmuştu.

Bir müzik sesi duydu salondan. Tanıdı kadın, Charlie Hadden... Yaptığı işe daldı. İçine dolan huzurdan memnundu. Yeşillikler, birbirine benzer parçalar halinde üstüste birikiyordu çizik dolu tahtanın üzerinde...

VI

"Bir bakar mısınız, Filiz hanım?"

Mutfağın kapısından gelen sese döndü kadın.

Kocası yüzünde o çok iyi tanıdığı muzip ifade ile, askılarından tuttuğu siyah bir elbiseyi, şakacıktan, kendisi denermiş gibi üzerine tutmuştu. "Nasıl?" dedi, manalı manalı bakarak "Yakışmış mı?"

"Yine mi bir şeyler aldın, güzelim," dedi kadın, olan bitenin doğallığından memnun, gülümseyerek.

"Hadi dene!" dedi, adam.

"Sonra yapsam hayatım, önce yemek yesek? Acıkmadın mı?" dedi kadın, af diler gibi yüzünü şakacıktan buruşturarak.

Yüzü çok az da olsa değişti adamın. Ama mantıklı, hoşgörülü bir adam gibi gözükmeye devam ederek gülümsemesini toparladı ve "Tabii canım, sonra denersin," dedi.

Kadının canı sıkılmıştı. Çünkü biliyordu ki böyle zamanlarda bir çocuk gibi olan adam, birden yaptığına pişman olmakta, severek, kimbilir neler düşünerek aldığı elbisenin beğenilmediğini düşünmektedir. Tezgâha döner gibi yapan kadın ani bir kararla elini sildi ve adamın elindeki elbiseye uzandı. "Nasılsa Çin yemeği, iki dakikada olur. Sen otur canım. Hemen geliyorum," dedi. Adamı bir eliyle nazikçe ve işveyle dışarı iteleyip, elinde elbiseyle yatak odasına yöneldi.

Odaya girdiğinde derin bir nefes aldı kadın. Caddede arabaların ışıkları birbiri ardınca kayıp gidiyor, far demetleri camları yalıyordu sırayla. Perdeleri kapadı. Elbiseyi giydi. Ama ruhunu sararak onu bir iç kapanmasına çağıran ağırlığı yenemiyordu bir türlü. Aynanın karşısında içinden gelmeden elbisenin sağını solunu düzeltirken iyice yorgunluk bastı içini. Gidip, yatağın üstüne çöktü yeniden. Omuzları düştü, elleri iki yana sallandı umutsuzlukla…

Ama güçlü kadındı. Buna benzer anları çok yaşamış, nasıl halledeceğini az çok öğrenmişti. Sadece bir iki dakika sürdü bu an. Kalktı. Tekrar derin bir nefes alarak, göğsünü kabarttı ve tekrar aynanın karşısına geçip, elbiseye baktı. Beğendi. Zaten kocasının zevkine hep güvenirdi. "Ama bazen bu kadar çocuklaşmasa," diye mırıldandı, "biraz bıraksa kendi haline…"

Koca, salonda oturmuş, şarap içmekteydi. Charlie Hadden, basın rahatlatıcı ritimleri arkasından eski zamanları, sanki ellileri hatırlatan yumuşak bir şarkı mırıldanıyordu.

Gülümseyerek kocasının önüne geldi Filiz. Sonra da kendi etrafında bir tur döndü. Elbisenin etekleri açıldı.
Adam gururla ve hayran hayran bakıyordu eserine. Elbise güzeldi ve karısında da çok güzel durmuştu. "Hadi! Bu halde bir kadeh de beraber içelim," dedi, mutluluk iştahı iyice kabarmış koca.
Mimar kadın, bordo kıvılcımlar çıkararak dalgalanan şarap kadehine uzandı. O an, elindeki şaraptan çok kurduğu bu güzel, barok tablodan sarhoş olan adam farketmese de, kadının ruhu denetleyemediği şekilde daralmaya başlamıştı yine.

Sonunda kendini kaçar gibi yatak odasına attığında patlayacak gibiydi kadın. Bu durum başedebileceği gibi gö-

zükmüyordu. Pencereyi açtı. Sönüp yanan ya da anlamsız-
ca biryerlere kayan ışıkların oynaştığı gecenin içine doğru
eğildi pencereden. Hafif, serin bir rüzgar, boğazdan sıra sı-
ra apartmanların üstüste, yanyana dizildikleri vadiye doğ-
ru dalgalanarak girdi. Saçları kımıldadı Mimar Filiz Ha-
nım'ın. O da yüzünü yalayan bu tazeliği tümüyle bedeni-
ne doldurmak için gözlerini kapadı. Serinlik iyi gelmişti.
Yatağa uzanıp, kendini biraz daha dinlemek istedi.

Şimdi, yatağın sağ yanındaki elbise dolabının boydan
boya ayna kaplı yüzüne, oradan yansıyan, nedense biraz
silik görüntüsüne bakıyordu boş gözlerle. Birara kapının
yanındaki duvarda asılı resme, yayılmış yatan çıplak ka-
dın figürüne takıldı. ilk defa, kadının uzandığı sedirden
yere öylesine dökülen bordo kumaşın bir boşluğu olduğu-
nu ve oranın da tıpkı resmin yukarılarındaki küçük pence-
reden gözüken gökyüzünün bir kısmı gibi, karanlık bir
mavi olduğunu farketti. O pencereden resme kütle halinde
akarak onu canlandıran ışık, o noktaya ulaşsa da bordo
kumaşın ağır gölgesini tümüyle aşamamış, bir şekilde ora-
yı tam olarak aydınlatamamıştı. O bölge de bütün resmin
doğal, akışkan, hatta ferah renklerinden farklı olarak, garip
bir karanlıkla derinleşmişti. Ressamın bunu atlamamış ol-
masına sevindi. Sonra da hem böylesi bir detayı şimdiye
kadar görmediğine, hem de nasıl olup da şu garip anda
bunu farkettiğine şaşırdı. Kafası karışmaya başlamıştı. Ne-
yin ne olduğuyla ilgili bir tereddüte düştüğünü farkedip,
panikledi. Yine o yabancılaşmaya kapılacağını hissetmişti.
Ama bu kez daha çok korktu. Sanki şimdi birden oluşuver-
meye başlayan o şeffaf duvar, nedense, öncekilerden çok
daha fazla onu dünyadan alıkoyacak, olan bitenle kendisi
—orada, onlar arasında anlamsızca duran kendisi— ara-
sındaki bağlantıyı bu kez uzun bir süre kuramayacaktı. İçi
ürperdi. Hayır, şu an bunun sürmesine izin vermek istemi-
yordu. Yataktan hızla kalktı, silkindi, kendini toparladı. Ye-
mek yapmalıydı.

VII

Yemek uzun sürmüştü.

Yatak odasına giden koridora girdiklerinde, adamın heyecanla anlattığı yolculuk anılarının yankısı kafalarının içinde uysalca dolaşıyor, yerlerini yeni ve daha sert düşüncelere bırakmak için usulca sönüyorlardı.

Ne kocasının o iyicil, çocuksu coşkusu, ne de yemek sırasında içilen şarap kadının ruhunu rahatlatamamıştı pek. Hatta tersine daha fazla gerilmişti bile denebilir. Çünkü adam iyi kocalık yaparak "İş nasıl gidiyor?" diye sormuş; kadın geçiştirmiş, hiçbirşey anlatmak istememiş, gecenin başında verdiği kararı bozmamış, hem adamın hem de gecenin keyfini kaçırmanın doğru olmadığını düşünmüştü. Ama o kadarcık soru bile, zaten çok taze olan olayın detaylarıyla kafasında tekrar canlanmasına yetmişti.

Şimdi, kimbilir kaçıncı kez yeniden, üst katta yerine bağlanmaya çalışılırken ellerden kayıveren o çelik kalıbın nasıl oraya girdiğini anlamaya çalışıyor, her seferinde kalıbın altındaki çocuğun acı dolu bakışı gözünün önüne geliyor, o an hiçbirşey düşünemez oluyor, nutku tutuluyordu. Sonrasını görmese de o giyotin gibi hareket eden demir kütlenin altından çıkan bedenin hayali midesini bulandırıyor, kendini olaydan koparıp uzaklaştıramıyordu.

Çocuk, belki—inşallah toparlanırdı. Doktorlar küçük de olsa bir umuttan da bahsetmişlerdi zaten; belki başka ameliyatlarla ileride tekrar yürüyebilirdi. Yine de şimdi bunu biraz unutup rahatlasa ya da kocasına şöyle bir anlatıverip yükü üzerinden atsa daha iyi değil miydi?

Hayır! Anlatmayacaktı. Hem tatsızlık olmasın istiyor, hem de anlatmaya kalksa birşeyi bozacağını, bir duyguya ihanet edeceğini hissediyordu. O kaza anında ona acıyla bakan çocuğu, başkasına öylesine anlatıp, çocuğun acı veren hayalini kendinden uzaklaştırmak, onun için çekmesi gerekli olduğuna inandığı acıyı bu şekilde yoketmek istemiyordu. Ortak acıların da bir mahremiyeti olduğunu, onu bir süre daha, içinde, daha yakınında yaşatması gerektiğini düşünmeye başlamıştı. Anlattığında kocası ya da başkası -tabii ki doğal olarak- onu teselli etmek isteyecek, acısını azaltacak şeyler söylemeye gayret edecek, "Ne yapacaksın? Senin suçun yok ki, hayatta oluyor böyle şeyler," gibi laflar geveleyeceklerdi. O zaman da... Herşey gibi bu acı ortaklığı da bozulacak, çocuk giderek herhangi bir kaza geçiren olacak, sonunda da onu tamamen unutacaktı kadın. Belki birlikte olmak buydu. Birbirimizin acısını dağıtmalıydık. Ama bu o acıyı ve acı çekeni yok sayarak, yerine boşvermeyi koyarak mı olacaktı? Hayır! Bu olacaksa da hemen bugün olmamalıydı.

Banyoya dalgın dalgın girip, soyundu, duşa girdi. Artık kocasını ya da şantiyedeki çocuğu düşünmüyordu tam olarak. İçine garip bir olgunluk gelmişti sanki. Uzun uzun yıkandı. Bornozunu giydi. Ne yaptığına dikkat etmeden yatak odasına pijamalarını giymek üzere girdiğinde, odanın ışığının azaldığını, kocasının yatağın kıyısına çektiği koltuğa oturduğunu ve üzerinde garip, deri, daracık bir yelekten başka birşey olmadığını gördü. Şaşırdı. Sonra da yatağın üzerine giyiliş şekline göre yerleştirilmiş bazı giysiler olduğunu gördü. Anlamıştı. Gözlerini kapayarak derin bir nefes aldı. Kocası her zamanki gibi seyahat ettiği ülkeden çeşitli erotik giysiler almış, onları yatağın üzerine özenle dizmişti.

Ayakların parmak uçlarından sonra tamamen dimdik durmasını gerektiren uzun, çivi topuklu bir çift çizme, siyah lake derileriyle karanlık ışıltılar yayarak iki yana özenle yatırılmıştı. Tutulamayacakmış, insanın elinden kayıverecekmiş gibi gözüken bu gizemli mahlûkatlar olağanüstü uzun konçları yüzünden yatağa açılı yerleştirilmişti ve yan sınırlara doğru uzayıp gidiyorlardı. Sonra çoraplar... İpeğin düzensiz baştan çıkarıcı dalgalanmalarını daha iyi versin diye çizme açısının ortasından başlayıp yukarı doğru bilinçli bir yumuşaklıkla yayılmış gibiydiler. Jartiyere bağlanacak bölge tam sevdikleri gibi dantelli değil daha koyu siyah bir bantla çevrilmişti. Çorapların gevşek bir yılan gibi kıvrılıp uzanarak işaretlediği yerde ise kenarları siyah kuş tüyleriyle kaplanmış, ortası transparan yine siyah bir don vardı. Onun az üzerinde ise ağzını yamultarak açmış, eski model, detaycı bir korse... Jartiyer balinaları da kendisi de eski tip, arkadan çarpraz geçirilmiş bir iple gerdirilebilen, yanlardaki dantellerden insanın tedirgin edici teninin gözükeceği bu siyah korsenin bittiği yerde de siyah satenden bir göz bandı yerleştirilmişti. Tüm bu şatafatlı sergi, transparan tülden, etrafı aynı don gibi siyah tüycüklerle donanmış uzun geceliğin üzerine özenle, tek tek dizilmişti.

Hemen onların yanında, odadaki loş ışığın minik parıldamalarla yansıdığı, dibine yine siyah tüyler takılmış, çelik saplı bir kırbaç vardı. Bu şaşâlı sapa, bir çeşit şaka olsun diye, deri ipler yerine, kurdelalar bağlanmıştı. Fakat yine de o kadar hafif olmasın diye, siyah kurdelaların ucuna çok küçük deri boncuklar yerleştirilmişti.

Kocasına baktı Filiz.

Adam ciddi ciddi bakmaya çalışıyor ama çocukça bir heyecanla titrediği de belli oluyordu.

"Vaay!" dedi kadın, parmaklarını şehvetli bir oyunsulukla yatağın üzerine serilmiş giysilerde gezdirirken. Aslında o da, kocası kadar olmasa da oyunları seviyordu. Ama şimdi ne yapacağını kendisi de kestiremiyordu.

Vakit kazanmak için çizmeyle oynarken, yüzü bir anda bir şey bulmuş gibi değişti. Herşeyi bir kenara bırakıp, bu şeylerin içine girmeye, bu oyunun parçası olmaya karar vermişti. Dudağının kıyısında ayartıcı bir kıvrım yaratacak şekilde gülümsedi.

İşareti gören adam heyecanlanmıştı. Yerinden kalktı.

Biran gülmemek için kendini tutmak zorunda kaldı kadın. Kocasının üzerinde sadece deri bir yelek değil, ancak önde çıkıntı yapan organları birarada tutacak kadar küçük, deri bir tanga da vardı ve şu giderek yuvarlanan göbeğiyle epey komik gözüküyordu. Ama bunu da çaktırmadı kadın.

Adam gelip bornozu hızla aldı kadının üzerinden.

Şimdi çırılçıplaktı kadın ve o beklenen irkilme yerine garip bir duygu karmaşası hissetmişti. Yine bir irkilmeye benziyordu ama heyecan vermeyen, aksine şaşırtarak birazcık kızdıran bir duyguydu bu. Biran ne yapacağını bilmez halde kalakaldı. Perdeyi aşan bir far ışığı odayı gezinip kayboldu gitti. Alacalı boyanmış duvarların bordo kızıl rengi kadının yüzüne kızararak yansıyor, şu an için yüzüne düşen dalgalı saçlarını arkaya atacak gücü bulamayan, uzun boylu, esmer güzeli mimarı kısmen aydınlatıyordu.

VII

Az sonra yatakta, biraz önce sırayla orada yatanların içini doldurmuş halde sırtüstü yatıyordu kadın.

Adam, hiçbirşey konuşmadan yaklaştı ve sözümona acımasız - aslında yine komik- bir bakışla kadının kafasını tutarak, elindeki siyah satenden göz bandını kadının gözüne taktı.

Şimdi karanlıklar içindeydi kadın. Biraz rahatlamıştı. Artık her zamanki gibi, az sonra başına gelecekleri içi titreyerek, merakla ve ihtirasla beklemeye başlayacağını ve bunun da onu tahrik edeceğini düşünüyordu. Ama öyle olmadı. Ruhunu saran isteksizlik o kadar büyüktü ki; kocası, o herşeyi unutturarak insanı ansızın şehvetin akıldışı dünyasına düşüren, ilk ve en güçlü baştan çıkarıcı hareketi yapmakta gecikince, zaten sabırsız olan kapılma beklentisi aniden parçalanıp dağılmaya başladı. Şimdi baştançıkmanın alanından hızla kendine kapanmanın, çöküntünün alanına giriyor, adamın dokunmakta geciktiği her an sinirleri dayanılmaz şekilde geriliyordu. Ayrıca bir bulantı peyda olmuştu içinde. Artık neyin ne olduğunun belli olmadığı gölgeler dünyasında ruhu da bedeni de karmakarışıktı.

Adam neyse ki sonunda harekete geçebildi ve elindeki kurdela kırbaçla kadının vücudunun bir orasına bir burasına dokunmaya başladı.

Ama kadın, uzak bir kaşıntı hissi dışında hiçbirşey hissetmiyordu şimdi. Elinde olmadan bunu yapan adamın halini düşünmeye başlamıştı. Adamcağız, yani kocası, başucunda kimbilir hangi hareketleri yaparak etrafında dönüyor, sonra da çok planlayarak ama rasgeleymiş gibi bir yanına dokunuyordu. Belki de arada elini kendi apışarasına da atmış, kendiyle de ilgileniyordu. Kendini iyice uyandırsın, az sonra içine girmeye çabalayacağı karısına mahçup olmasın diye...

Sonra kendi halini düşündü Mimar Filiz Hanım. Az önce bomboş gözlerle baktığı aynada şu an nasıl gözükebileceğini canlandırmaya çalıştı. Görülebilecek –ya da hayalinde gördüğü– şeyle hissettikleri arasında bir ilgi kuramıyordu. Bir kadın, bir yatağın üzerine isteksizlikle uzanmıştı ve üzerinde saçma sapan birşeyler vardı. Sıkıntıyla kımıldadı ve gırtlağından garip bir ses çıkardı.

Bunu, yaptıklarının karşılığı bir davet sanan adam, yeni bir hevesle tekrar dokundu kadına. Bu kez kırbaçın soğuk çelik sapını kadının baldırlarında, apışarasında gezdirmeye başlamıştı.

Derin derin nefesler almaya başladı kadın. Bu uzaklaş-
mayı yenmek, içindeki patlama hissine dayanmak istiyor
ama onu çoktandır elegeçiren yabancılaşmanın ve gergin-
liğin üstesinden gelemiyordu. Dolabın aynasında adamla
birlikte nasıl gözüktüklerini düşündü tekrar. Artık emin-
di. Bu sahnede acınası birşey vardı. Nedense ona hâlâ acı
içinde bakan çocuk geldi aklına, sonra tablodaki karanlık
mavi boşluk, kocasının deri donu, camdan odaya taşan
şehrin ışıkları, evde bile heryerinden çıkan toz, bütün o
kötü yapmacık gezinmeler ... Midesi bulanır gibi oldu.
Yo! buna devam edemeyecekti. Birden göz bandını sıyırıp
attı. Ayağa kalktı. Elinde kırbaçla, şaşkınlıkla kalakalmış
adam dahil herşeye tiksinir gibi bakarak, "Ne yapıyoruz
burada?" dedi.

— • —

Mutlu Tatil

I

Sonunda ilk defa birlikte uzun bir tatile çıkabilecekler. Yıllardır, —evlendikleri zaman hariç, o zaman da hepi topu onbir günlük bir balayıydı zaten— ne yapsalar bir haftayı geçen bir tatil yapamamışlardı. O bir hafta da ya hiçbirşey anlamadan yolda geçiyor ya da zaten aynı tarihlerde izin alamadıkları için evde takılıp kalıyorlardı. Bir keresinde, kadın tek başına bir tatil köyüne gidecek olmuş ama teşebbüsü yarım kalmıştı. Kocasının bu karar alınalıberi küsüyormuş gibi davranışını bir türlü halledemediğini düşündüğü için, tatil köyünde, huzursuzluk içinde bir gece geçirip, sıkıntıyla geri dönmüştü.

Uzun bayram tatillerinde ise koca —az sonra tanıtacağımız Engin yani— geniş aile çevresini ziyaret etmeye çok önem verdiği için tatilin yarısı öyle, kalanı da hem oraya hem buraya gidelim derken geçiveriyor, değil dinlenmek ne yaptıklarını bile anlamıyorlardı.

Şimdi tam üç hafta boyunca birlikte olabilecekler.

Hikayemizin erkek kahramanı Engin, yani koca, enerji dolu, yaratıcı, ama karısı Nihal'in de hep dediği gibi, çocuksu ruhlu bir adamdı. Durduğu yerde durmaz, sürekli yeni fikirler bulur, hiçbirşey yapamazsa evde en son model video oyunları oynar ya da internette karısının da hoşuna gideceğini düşündüğü şeyler bulup ona gösterirdi. Ayrıca sosyal biriydi de... Sürekli değişiklik gösterse de kafasına uygun geniş bir arkadaş kümesi edinmişti. Eskilerden bazıları, bu ritme, çoğunlukla ailesel nedenlerle uyamayıp, uzaklaşsa da yenileri hemen yerleri dolduruyordu. Bu kimisi işten, kimisi internet yoluyla edinilen arkadaş grubu, kimi zaman evde toplanır, gürültülü şekilde —karısına saçma sapan gelen şeyler üzerine— tartışır (bunlar, ortalıkta gezinen ve çok satan bir ürünün bilinmeyen bir özelliği ya da bir başka süper ürünün imalatındaki acayip bir sırla ilgili olabildiği gibi yeni sezondaki bilmemne filmindeki o acayip sahnenin nasıl çekildiği gibi konular olabiliyordu) ya da bazı bilgisayar oyunları oynarlardı. Bazen de çoğunlukla Engin'den çıkan bir atraksiyon fikrini gerçekleştirmek için (tırmanma, dalma, doğa fotoğrafları çekme gibi önemli gözüken ama en önemli özelliği, hızla o gidilmesi gerekli yere gitmek ve sonra oralarda nerede en iyi yiyecek bulunuru tartışmak gibi işler olurdu bu atraksiyonlar) şehir dışına giderlerdi.

Karısı Nihal ise, —böyle enerjik bir adamla yaşadığı için olsa gerek— onu yavaşlatmak, ayağı daha yere basar bir adam haline getirmek için durmadan kendini ve kocasını kasmak zorunda kalırdı. Tabii ne kadar ayak direse, bunlardan sıkıldığını filan söylese de sonunda —çoğunlukla— Engin'in isteklerine boyun eğerdi. Çünkü hem bu heyecan dolu fikirler, her zaman olmasa da, onun da hoşuna gidiyor; hem de bir çocuk gibi sevdiği kocasını fazla da kırmak istemiyordu. Dahası kocasının fikirleriyle başedeceğim derken onun aklına başka yapacak hiçbirşey gelmiyordu. Giderek kendisini "Evlenmeden önce ne yapardım ben?" diye sorgulasa da bunun da üzerinde faza durmuyor, Engin'in isteklerine biraz yumuşatarak uymanın mutluluğu için en kısa yol olduğunu görüyordu.

Engin, eğer yatak döşek hasta değilse, her hafta sonu mutlaka bir etkinlik organize etmiş olurdu. Bir dağ çıkışı ayarlanamazsa, bir dalış, o da olmazsa olmadık bir noktada piknik, o da mı olmadı arkadaşlarla bir maça filan gitmeyi kesin hallederdi.

Nihal, Engin'in bu çocuksu hareketliliğini ona katılsa bile uzaktan izler, o biraz daha adam olmadan, yani ayakları yere basmadan çocuk mocuk yapmamayı düşünürdü. Çoğu birer ikişer çocuk sahibi olan arkadaşlarının sorularını "Hangi çocuk? Önce şunu büyütelim de," diyerek cevaplar, arkasından da kocasıylayken atamadığı kahkahalardan birini atardı. "Kızar, çok yoruluyorum vallahi" der, ağzını biraz da şakacıktan yamultur, gözlerini dertli dertli açarak yardım isterdi.

Aslında uzun bir tatilin tam zamanıydı. Bu birbirini dengelese de farklı duran kişiliklerin gizlenmeye çalışılan çekişmesi geçen üç yılın sonunda ikisini de yormuş, birbirlerine son zamanlarda mesafeli davranır olmuşlardı.

Daha doğrusu Nihal, biraz daha evde kalmaya ya da o da Engin'in atraksiyonlarından ayrı, kendi arkadaşlarıyla daha sakin birşeyler yapmaya başlamıştı.

Bu da Engin'i hiç beklemediği bir yalnızlık duygusunun içine atar gibi olmuş, genç adam evde öneride bulunacağı kimse bulamayınca ne yapacağını bilemez olmuştu.

Anlayacağınız ilaç gibi gelecekti uzun süre İstanbul'dan ayrı kalmak ve birlikte olmak. Belki böylece biri dinlenir, öteki doyar ve kötüye gitmeye başlayan evliliklerini uzun bir zaman için daha kurtarırlardı.

Onları havalanına bırakan ve evliliğin gidişatını görüp, böyle bir tatili ayarlaması için Engin'e baskı yapan, nerdeyse tek sağduyulu arkadaşları Kerim, onlara hiç merak etmemelerini, eve göz kulak olacağını, gittikleri yerin yedi saat farklı olduğunu, İstanbul'u biraz az ararsalar kimsenin kızamayacağını söyledi. Tabii mutlaka internete bakarlardı. Mail atacaktı. Burada onlarsız yaptıkları şeyler oldu mu da, olup biteni yazacaktı.

II

İstanbul, her zamanki gibi çamurla donandığı kıştan çıkmak için umutsuzluk içinde çabalarken onlar Tayland'da bir adadaydılar. Engin'in internetten gayet makul fiyata bulduğu otelin plajında yatıyorlardı. Daha doğrusu Nihal bir şezlongta kımıldamaksızın yatıyor, Engin çeşitli spor faaliyetleri yapıyordu. Orada bulduğu, spor aletleri kiralayan bir Hintliyle arkadaş bile olmuştu.

Adaya gelmeden önce Bangkok'ta iki gün kalan ikili gördükleri Budist manastırlardan çok, gece hayatından etkilenmişti. Özellikle Engin, arkadaşları ne kadar anlatıp onları hazırlasalar da o ortalıktaki barlarda vücutlarına herbirşeyi yapan kadınlara şaşırmış, ortalıktaki rahat cinsellikten tahrik olmuş, bu da onun, onların cinsel hayatını evliliklerinin ilk zamanları gibi canlandırmıştı.

Bu canlanış, Nihal'i sevindirse de yatakta temelden farklı şeyler arıyorlardı aslında. Biri, yani kadın, daha erotik şeylere meyledip daha yavaştan bir uslup istese de; Engin her zamanki yaratıcı, heyecanlı karakterini burada da konuşturuyor, kimbilir nerelerden bulduğu çeşitli alet edavatı kullanacağım derken kadının tadını kaçırıyordu. Neyse ki sonrasında sert ama uzun süren birleşme kadını da tatmin ediyordu.

Bazı sevişme sonralarında kendi dünyasına dalan Nihal, daha yumuşak bir sevişmeyi özlediğini düşünse de, yumuşak sevişmeler üzerine kurulu hayallerini ancak bir noktaya kadar ilerletebiliyor, bir noktada yine o sertliği, kocasıyla yaşadığı pornografik sertliği hayal etmeye başlıyordu. "Gençken böyle değildim," diyordu kendi kendine "o zamanlar hayallerimdeki herşey sonuna kadar yumuşak ve sevecendi. Herhalde Engin'le yaşaya yaşaya giderek işin böyle olmasına alıştım. Acaba bütün kadınlarda mı böyle? Zamanla romantik sevişme filan kalmıyor ve hepsi biran evvel erkeği içime alsam ve olabildiğince sertlikle ve çok uzun süre içimde gidip gelseyi mi ister hale geliyorlar? Hah ha! Hatta arada bir şaplak bile istiyor insan... Yoksa her haliyle bir gençlik uydurması mıydı o yumuşacık romantiklik, öpüşmeleri bile saatler süren romantik sevişme hayalleri filan... Yoksa tıpkı o çocukluğumuzu zapteden çıtkırıldım prensesçikler gibi, bunu da mı kafamıza çaktılar; ki kurtulana kadar en az bir evlilik yapmamız gerekiyor."

Bangkok, tıpkı İstanbul gibi karmakarışık, yorucu gözüken bir şehirdi. Ama şimdi bulundukları adadaki hayat İstanbul'la karşılaştırılamayacak kadar yavaştı. Adada birkaç gün geçirdikten sonra "Böyle keyifli, yavaş bir hayat istiyorum ama galiba iş sekse gelince son bölüme doğru olsun yine de biraz sertlik olmalı. Yavaş hayat, hızlı seks," diye kıkırdayarak mırıldandı yattığı sezlongta. Bu rahatlık ve bu havai tanımlamalar filan çok hoşuna gitmiş, hatta hafifçe içini ateş basmıştı. Kendini denize attı. Herşey iyi gözüküyordu. O koca şehrin bunaltıcı, gri havasını biraz atmıştı üzerinden. Engin de çok üzerine gelmiyor, kendi kendine eğleniyordu. "İyi ki geldik!" dedi, güneşin denizin tüm yüzeyini kaplayan ışıltısını yavaşça attığı kulaçlarla binbir çeşit pırıltıya bölüp parçalarken.

Sahil, oturdukları yerden sağa yüzlerce metre ilerilere doğru uzuyor, sonra bir kaya yığını denize doğru ilerliyor, sağ taraftaki görüntüyü sınırlıyordu. Onun öncesinde sahilin beyaz kumunun gerilerinde büyük ağaçlar ve onların da arkalarında yeşillikler arasında daha çok bungalov tarzı, ahşap evler vardı. Oteller de genelde bu yapılardan oluşuyordu. Ahşap yürüme yolları, güzel bahçeler, sağda solda Budist objelerden mamul minik dua yerleri, ağaçlardan sarkan geleneksel havalı lambalar ve herşeyin üzerinde o büyük parıltı: güneş...

İnsanların sağa sola kendilerini atıverdikleri uzun kumsal satıcıdan geçilmiyordu. Kimi elinde çeşit çeşit Tayland ipeğinden şal taşıyor, birden elinde ne varsa alasınız diye önünüze atıveriyor, kimi meyve dolu naylon poşetçikleri şezlongtan sarkan elinize tutuşturuveriyor, kimi ızgarasıyla beraber taşıdığı mısır tezgahını tepenize kuruveriyordu. Masaj için gelip gidenler ayrı... Ama güzeldi böyle.

Nihal kurulanırken kocası çıkageldi biryerden. "Oo! Yüzdünüz mü hanfendi? Deniz çok güzel değil mi?.. Maillere baktım az önce. Bizimkiler havaya lanet ediyor İstanbul'da... Biliyor musun? Biz şu kayalığın arkasında dalmaya gittik bugün. Enfes bir yer; aşağıda acayip renkler var. Nihal, bak ne diyeceğim. Ama lütfen hemen itiraz etme ne olur. 'Yine başıma iş çıkarıyor,' deme yani. Diyorum ki: bir kere de ikimiz gidelim oraya. Sadece ikimiz... Bizi kimse görmez. Ha, ne dersin? Orasını görmen lazım. Hem sadece ikimiz, istediğimiz gibi yüzeriz."

O huzur içinde kendini Engin'in projelerine teslim etmek gibi bir niyeti olmayan Nihal, direnmek için ağzını açacaktı ki; araya girdi Engin, "Bugün değil tabii. Ben de istemem şimdi. Yarın? Ne dersin? Birlikte de birşeyler yapalım, diyorum. Ha?"

III

Akşam otantik bir yere yemeğe gittiler. Sonra bir barda stiriptizci seyrettiler.

Engin heyecanlanıp, "Bu gece, aramıza bir tanesini alsak?" yollu yarı esprili birşeyler dedi.

Nihal bu fazlalığa biraz bozulmuş gibi davransa da; yapsalar neler olabileceğini merak ettiği için sesini pek çıkarmadı.

IV

Ertesi gün öğleden sonra... Beyaz güneş, insanı lif lif gevşetmeye dün kaldığı yerden devam ediyordu. Denizin kıyısındaki geniş kumsalda, önde bir bant, yeşil denizin yumuşak okşayışlarıyla bir ıslanıp bir kuruyordu. O yumuşak ıslak kumun üzerinde kendi başlarına, sevgilileriyle veya arkadaşlarıyla, ileri geri, çıplak ayakla yürüyen insanların ayak izleri de dalgaların geliş hızına bağlı, bir oluşup bir yokoluyordu.

İkilimiz, bu insanı sıkmadan tekrar eden tekdüzeliği bugün de bozmadan sahilde yerlerini almışlardı.

Engin, yine sabahtan beri kayıptı.

Nihal, dünkü şezlongta, çeşit çeşit güneş yağları sürünerek bir o yana bir bu yana dönüyordu.

Engin, birden başında bitip aynı teklifi yaptığında öğlen çoktan geçmiş, birkaç gündür kımıldamadan dinlenen Nihal de, aslına bakılırsa, hafiften sıkılmaya başlamıştı.

"Peki, gidelim bakalım. Ama dalma filan istemiyorum lütfen. Gezelim biraz yeter," dedi.

Önce kayalıklara kadar yürüdüler. Arada yoruldu Nihal, meyve satan kadından bir torba meyve aldılar. Oturup etrafı seyrettiler.

Tüm bu süreç boyunca karısının keyfi kaçmasın diye onun ritmine uymaya çalışan Engin, o günkü hedefinin durmadan ertelenmesine dayanamaz halde sabırsızlıktan çatlayacak gibi olsa da, mutluluğu için bu yavaş ilerlemeye katlanıyordu.

Sonunda kayaların tepesine çıktıklarında akşam yaklaşmaya başlamıştı. Kumsal bütün ihtişamıyla sollarında uzayıp gidiyor, onlara en yakın insanlar en az beşyüz metre geride silüet halinde gözüküyordu.

Yine Engin'sel bir maceranın içinde olduğunu bilen Nihal, yorgunlukla soluyor, bir yandan da neden o şezlongtan kalkmayı kabul ettiğini kendine soruyordu sıkıntıyla.

Az sonra kayalıkların arasında kendiliğinden oluşmuş, dar boşluktaydılar. Burası tam Engin'in dediği gibi ancak denizin içinden —o da yakından bir yerden— gözükebilecek bir yerdi. Bu dar, ancak birkaç metrelik çakıllı bir kumsala da sahip girinti, konaklamak için değil de daha çok saklanmak için bir köşe gibiydi. Çakılların üzerine uzanmayı göze alsanız da gelip giden dalgaların uzanıp çekilmesi yüzünden rahatça yatamazdınız. Ama soyunulup, denize girilebilirdi.

Engin yaklaşıp, karısının da anlamadığı bir heyecanla öptü karısını. Sonra da geride bir kayanın arkasında kayboldu. Tekrar geri geldiğinde elinde kocaman bir istiridye vardı. Onu karısına uzattı.

Gülümsedi kadın. Şaşırmıştı da. Bu daha çok süs satan mağazalarda bulunabilecek biraz da eskimiş gözüken istiridyeyi ne yapacağını bilemedi.

"Açsana," dedi kocası.

Onun açılabilecek birşey olmasını düşünemediğine şaşırdı kadın ve kabuğu kolayca açtı.

İçinde inci bir kolye vardı istiridyenin. Nihal'in şaşkınlıkla havaya kaldırdığı kolyeyi alan adam onu karısının boynuna taktı. Sonra da boynundan yavaşça öptü çok sevdiği karısını.

Nerdeyse ağlayacak gibi olmuştu kadın. Çocukça yorucu da olsa, hatta o yüzden bu hediye verme şekli düşünebileceğinden çok sevindirmişti kadını. Ne olursa olsun bu adam onun erkeğiydi işte! Çocuk ruhluydu ama karısı hoşlansın diye türlü planlar yaparak hediyeler hazırlıyordu ya! Yeterdi. Birden içi sevgiyle doldu kadının ve dönüp öptü kocasını sonra da sımsıkı sarıldı. Onun hayatı böyle, bu adamla olacaktı. Bu kaderiydi onun. Bazen aklına geliverdiği gibi Engin'i bırakıp, daha olgun bir adama gitmeyecekti. Bu gemiyi, bu sevgi dolu ama fazla heyecanlı adamla birlikte yürütmeyi becerecekti. Adam bulunurdu belki ama kasılmadan kendini sana açan, seni her zaman mutlu edemese de buna uğraşan bir adam zor bulunurdu. "Belki," dedi içinden, tekrar denize dönüp, uzaklara bakarken, "belki bir çocuğumuz olursa sorumluluk onu olgunlaştırır. Ama her ne olacaksa olsun, belli ki ben onun yanındayım ve bu çok güzel geliyor şimdi."

O anda Engin'in elini hissetti omuzunda. İçinde kabaran sevginin yankısıyla gülümseyerek döndü ve yine şaşırdı. Kocası mayosunu çıkarmış, tam anlamıyla çırılçıplak kalmıştı. "Hadi!" dedi adam, "Sen de soyun. Denizin içinde sevişelim."

Biran korktu kadın. Etrafına baktı. Çekinmişti de... Kimsecikler yoktu. Çok uzaklardan gelen bazı seslerin sahiplerinin oraya ulaşmaları en az yarım saat alırdı. "Hem görseler ne olur ki?" diye düşündü. "Kumsalda çırılçıplak bir sürü hatun var. Belki sevişmiyorlar ama biz bu gözlerden uzak yerde yapabiliriz. Hem karı kocayız; kime ne? Bunu da yap artık Nihal!" dedi kendine. Üstündekileri hızla çıkardı ve bir top yapıp, bir kayanın dibine sıkıştırdı. Sonra da aynı hızla çakıllı küçük kumsala, çırılçıplak, sırtüstü uzandı. Havaya girmişti. Şimdi dalgalar uzaklardan topladığı uysal enerjiyle yavaşça geliyor, Nihal'in heyecanla ürperen vücudunu yalıyordu.

Kocası yaklaştı. Üzerinde bacaklarını açarak durdu.

Şimdi adamın gölgesi kadının üzerine düşüyordu. Yıllardır olmadığı kadar şaşkın ve heyecanlıydı kadın.

Önce kumsalda, yarı suyun içinde başlayan birleşme çabaları başarılı olamamış, sonunda az geriye kayalıkların arasına bir yere çekilerek bunu ayakta yapmaya çalışmayı daha uygun bulmuşlardı.

Sonunda ikisi de bir kayanın kıyısına çekildiklerinde memnundular. Nihal de kocasının gülümseyişine katıldı. Az sonra gülümseme büyümeye başladı. İkisi de kahkahalarla küçük kumsala yuvarlanacak kadar güldüler. Herşey çok iyiydi artık. Ve çok mutluydular.

"İster misin. Böyle denize girelim ve orada sevişelim.?"

Hâlâ gülmenin sönüşünü yaşayan kadın hemen kabul etti. Bu mutluluğu direnerek bozacak değildi. Bir an kolyesini sahilde bırakıp bırakmamayı düşündü. Ama o bugünün simgesiydi; bırakmamalıydı zaten yüzerken boynundan düşmeyecek kadar dardı.

Az sonra birden derinleşen suyun içinde kulaç atıyorlardı. Yeterince açıldıklarını düşündüklerinde yaklaştılar. Öpüştüler. Adam "Biraz daha açılalım," dedi.

Bu kez biraz huzursuzlanan kadın yine de karşı çıkmadı. Fakat bu fazla istekten sonra hiçbir sevişme isteği kalmamıştı. Artık tek isteği bu maceranın sakin sakin ve bir an önce sona ermesiydi.

Fakat Engin çok memnundu. Eliyle aşağıyı apış arasını işaret ediyordu; Nihal anlamamakta direnince suyun yüzünde sırtüstü durmaya çalıştı.

O zaman neyi işaret ettiğini anladı kadın. Kocası birleşmeye son derece hazır gözüküyordu. Ona yaklaşmalıydı ki bu macera bitsin.

İşte ne olduysa o an oldu. Kadın henüz birkaç kulaçlık mesafeyi yüzmüştü ki. İnanılmaz bir acıyla bağırdı adam. Ve kadına tutunmak ister gibi elini uzattı ve o telaşeyle kolyeyi tuttu ve can havliyle çekti. Kolye suyun içine dağılırken inanılmaz bağırışına devam ediyordu adam.

"Allahım! Ne oldu Engin?" diye telaşla bağırdı kadın. Bir yandan da suya dalıp çıkan kocasını tutmaya çalışıyordu.

Çığlıklarına bir an ara verebilen adam "Nihal! Yardım et! Yardım çağır! Birşey çükümü ısırdı. Bir kısmını kopardı galiba." diye bağırdı.

— • —

Balkonda...

Buna dayanamıyordum artık. Onu kıskanmak değildi bu. Başıma geleceklerden çekiniyordum. Tutkuyla bağlıydım elbette. Ama onu tutkuyla düşünmek, arzulamaktan çok, her uzak bir yerden geldiğimde onu evde bir başkasıyla bulacağım, orada sarılmış yatıyor olacaklar duygusundan kurtulamıyordum.

Gerekli gereksiz başka şehirlere gidiyor, oralarda birkaçgün kalıyor, sonra ansızın dönüyordum. Merdivenleri kalbim yerinden fırlayacakmış gibi tırmanıyor, kapının önünde otomatiği açmadan, uzun bir zaman karanlıkta durup, içeriden bir ses bekliyor, en küçük bir tıkırtıdan başka anlamlar çıkarıyor, neden sonra artık ne olacaksa olsun, diye, ter içinde kapıyı hızla açıp içeri dalıyor ama onu hep evin içinde sıradan bir kadın halinde dolanırken yakalıyordum. Sonra düşündüklerimden utanıyor, bu yüzden sinirlerim bozuluyor, en sonunda olmayacak birşeye takılıp ona kötü davranıyordum.

Onun hayatından çıkmaya kesinlikle karar verdiğim gece ise başka şeyler oldu.

Yine şehirdışındaydım. Evi sık sık arıyor, her arayışımda derinlerde titreşen sesleri, fazladan susuşları yakalamaya çalışıyordum. Artık onun beni aldattığına kesinlikle emindim. Çok çekici bir kadındı. Uzun bacakları, omuzlarına düşen, dalgalı, gür saçları vardı. Brezilyalı melezlere benziyordu. Dudakları dolgundu ve alt dudağı her erkeği arzulatacak şekilde, aşağıya doğru kıvrılıyor, iç kısımdaki pembemsi etlerin ışıltısı gözünüzü alıyordu. Hele konuşursa... Sesi derinlerde bir yerde hafifçe kırılıp çatallaşıyor, ne kadar masum birşeyden de bahsetse —hatta o zamanlar daha çok— garip şekilde şehvetli bir dişilik sizi sarıp, acımasızca uyarıyor, siz de onu hemen oracıkta düzmekten başka birşey düşünemez hale geliyordunuz. Yok! Bu kez emindim. Mutlaka ama mutlaka ben yokken biri içeri giriyor, onu beceriyordu.

Ne yapacağımı bilemiyordum. Sürekli bunu düşünmek beni hırçınlaştırıyordu. Eve girip aynı halle karşılaştım mı, hırsımı almak için onu hırpalayarak, vahşice sevişmeye başlıyordum. Çok abartmamak kaydıyla sanki sevişmek içinmiş gibi yanağına tokatlar atıyor, sonrasında da kalçaları kızarıncaya şaplaklarıma devam ediyordum. Fakat bu beni sakinleştirmediği gibi ikimizi de ayrıca kudurtuyor, sonunda su gibi ter içinde, öleceğimi sanarak boşalıyordum. Şuurum kapalı olarak yanına devrildiğim ilk andan hemen sonra, yani ilk normal nefesle birlikte onun mutlu yüzüne bakıyor, belki de birkaç saat önce başka biriyle olmasına karşın benimle yine kendini kaybederek seviştiğini, onun sadece bu işi yapmak için dünyaya geldiğini, bu işin sonunun ne olacağını düşünüyordum. Aynı anda da onu o adamla göremediğim, yanıbaşımda olan biteni öğrenemediğim düşüncesiyle yine tepem atmaya başlıyordu. Bazen gerçekten aklıma hakim olamaz hale geliyor, gücümü toplayıp kalkıp boğazını sıkarak, bu gerçeği zorla da olsa öğrenmek istiyordum. Böylece herşeyi öğrenecek, sonra adamı eve davet etmesini isteyecektim. Bizimki benim korkumdan isteksiz davransa da aç adam hemen ona saldıracaktı. Ben bizimkinin içinden gelen, ruhunun tek sahibi olan arzunun ortaya çıkıp, korkuyu filan boşvereceği ana kadar biraz bekliyecek, sonra aniden içeri girecektim.

Ama bana yakışmazdı bu. Onları kendiliğinden, doğal hallerinde, tam da o anda yakalamalıydım.

Dediğim gibi şehirdışındaydım. Yakın bir şehirde olduğum halde uzak bir şehirde olduğumu söylemiştim ogün. Ancak bir saatlik yolda olmama karşın altı yedi saat uzaklıkta bir şehirdeyim, demiştim. Aslında yaşadığım cehennem yüzünden İstanbul'dan o kadar uzaklaşamıyordum zaten. Yakınlarda olmalı, herhangi bir işaret duyarsam da aniden şehre dönmeli ve onu, sevgilimi, bir adamla birlikte belki de son yılda yüzlerce kez kurduğum pozisyonlardan birinde görmeli, onları itiraz edemeyecekleri şekilde yakalamalıydım. Tek isteğim buydu. Hayatımda başka herşey anlamını kaybetmişti.

Ne diyordum? Lâfı dağıtıyorum belki ama onu terkettikten sonra beni hâlâ bırakmayan bu tutkuyla başedebilmiş değilim de ondan. Evet, yakın bir yerde olmama karşın uzaktayım demiştim. Ona "Akşam yemeğine yetişemem, gece geç saat belki gelirim belki gelmem; sen beni bekleme, yat," dedim.

Akşam olmak üzereydi, ben şehrin yakınlarında bu kez kesin sonuç alacağımı düşündüğüm baskının düşüncesiyle kahroluyor, heyecandan dilim kuruyordu. Olabilecek sahneleri en küçük detayına kadar kuruyordum; ama o an, onları gördüğümde ne yapacağımı bilemiyordum. Onları vurmak filan geçmiyordu aklımdan. Hiçbirşey geçmiyordu. Sadece o büyük acının hayaleti beni her an boğuyor ve kendine çağırıyordu. Bir an önce o anı yaşamaktan başka birşey istemiyordum artık. Sonra ne olacaksa olacaktı.

Bazen daha gündüz olduğunu unutuyor, "O şimdi adamı evine almış, onun için süslenmiş, kokular sürmüş, yatakta altaltadırlar," diye düşünüyordum. Adam onun o güzel kokusunu içine dolduruyor, bacaklarının arasında beni herseferinde ölümden beter eden çukura dalıp çıkıyordur, diye kahroluyordum. Belki yatağa kadar bile bekleyememişler, kapıyı açar açmaz hasretle sarılıp oracıkta sevişmeye başlamışlardır, diyordum. Hatta bu son durum olası açlıklarını daha iyi açıkladığı için daha gerçekleşebilir gibi geliyordu bana. Sonra kendime geliyor, bu saatin daha önce de düşündüğüm gibi erken olduğuna ve yeterince vaktim olduğuna karar veriyordum.

Otobanda hava kararırken yavaş yavaş şehre yaklaşıyordum. Böyle sinsi sinsi yaklaşarak, kendimi kötü birşey yapıyormuş gibi hissetsem de, onu ancak bu şekilde faka bastırabileğimi biliyordum.

Yolları tıkanan öteki araçlar kornalarına basıyor, ben de onlara ağız dolusu küfür ediyordum. Ellerim titriyordu.

Sonunda hava karardı. Şehir önce kirli bir silüet halini aldı. Sonra da bir savaş meydanı gibi garip gölgeler oluştu karanlığın içinde. Son derece dikkatle köprüyü geçtim. Trafik her zamankinden hızlı akıyordu. Yeterince karanlık olmadan oraya varırsam; adamı yeterince ilerlemeden yakalayamazdım ve kimbilir ne yalanla kurtulurlardı. Adam salonda henüz oturuyor olurdu mesela, elini sevgilimin bacağına atmış olurdu. Ben kapıyı zorlayınca elini çekiverir, sevgilim ayağa kalkar, adam da az sonra eski bir arkadaşı, hatta eski iş yerinden ona bir haber getiren sıradan bir dangalak olup çıkardı. Bu olmazdı işte! Onları üstüste görsem, ya da hep düşündüğüm gibi sevgilimin arkasına geçmiş, o biraz büyük ama muhteşem biçimli kalçalarını kasıklarına dayamış halde yakalasam ne yapardım hiç bilemiyordum ama bu halde onları öldürürdüm herhalde. Çünkü daha fazla kandırılmayı kaldıramazdım. Ama dediğim gibi, sevişirlerken yakalarsam ne yapacağımı da tam kestirmiş, planlamış değildim. Çünkü o anı hayal ettim mi sanki büyülenmiş gibi kaskatı kalıyor, bırakın fazladan birşey düşünmeyi nefes bile alamıyordum. Bir ter basıyor, garip şekilde heyecanlanıyor, sadece o anı görmek istiyordum. Hem de bir an önce...

Bu kez umutlu olmamın bazı nedenleri vardı. Çünkü son bir haftadır, bana daha önce hiç olmadığı kadar uzak davranıyordu. Sevişme sırasında yine beni çıldırtsa da eskisinden biraz farklı duran tonu sezebiliyordum. Hatta son iki seferinde bana kalırsa boşalmadan boşaldım numarası yapmıştı. Bunu yapmazdı. Bana bile isteye yalan söylemeye başlamış demekti bu. Demek ki bir şeyler gizliyordu. Acaba adamın evine ya da gizli bir eve mi gidiyorlardı? Bunu istemiyordum. Başka yere gitmemeliler. Onları salonumuzda hemen kapının arkasında, ya da kanapede ya da yatak odasına giden koridorun zemininde görmeliydim. Oralarda hangi pozisyonlarda olabileceklerini, hangi ışıkta nasıl gözükeceklerini bile biliyordum. Yatak odasına kadar gidebilmişlerse, yani ben biraz gecikmişsem, neler olabileceğini de biliyordum. En çok, sevgilimi dolabın ayna kaplı yüzüne ellerini dayamış, adamı da onu belinden tutmuş arkasından yapışmış halde bulacağıma emindim. Adam muhtemelen daha iyi girebilsin diye sevgilim ayakparmakları üzerinde yükselmiş, aynayı avuçlayan eli zevkle kayarken garip, beni herseferinde yükselten, mahveden o seslerden çıkarıyor olacaktı.

Ben o an kapıdan süzülecek ve onları biran öyle kendilerinden geçmiş halde izleyecektim. Adam biraz tembelse yatakta da yakalayabilirdim onları.

Aşağılık herif muhtemelen iki eliyle sevgilimin ince ayak bileklerinden tutmuş olacaktı... Ah! Dayanamıyordum artık.

Sonunda hava iyice kararmış, ben de çevre yolundan ayrılıp, bizimki gibi aynı tipteki uzun uzun apartmanların onar metre arayla dizildiği semtimize yaklaşmıştım. Apartmanların önünden geniş iki yönlü bir cadde geçer. Her yönde üçer şerit vardır. Sonra bir yeşillik, daha aşağılarda da deniz... Apartmandan daha geride park etmeyi istediğim halde anlık bir dalgınlık ve trafiğin zorlamasıyla bir baktım ki evin önüne kadar gelmişim ama ters, karşı yöndeyim Allahtan. Çaktırmadan oradan geçmekten başka çarem kalmamıştı. Ben de başka bir arabayı perdeleyip geçiverdim. Geçerken de eve bir göz attım.

Balkondaydı. Kollarını balkon korkuluğunun üzerinde bağlamış, kafasını da üstüne koymuş, dalmış, caddenin çok ilerilerine bakıyor, öylece, sanki huzurla bekliyordu.

Beni bekliyordu. Onu o an anladım aslında ve içime koca-
man yumuşacık bir ateş düştü. Ama yine de başka birini
beklediğini düşünmeyi yeğledim. Arabayı az ilerideki bir
ara sokağa çekip, balkonu gören bir sotadan, bir ağacın ka-
ranlık gölgesinden onu izlemeye başladım. Yerim tahmi-
nimden de iyiydi. Öyle ki apartmanın ana kapısına yakla-
şan yabancı bir adamı hemen farkedebilirdim.

Beklemeye başladım.

O kolları üzerindeki kafasını sıkıntıyla sağa sola çeviri-
yor ama yerinden pek hareket etmiyordu. Bir saat kadar
geçmişti. Bu arada iki kere içeri gidip gelmiş, bir bardakla
birşey içmiş sonra tekrar bekleme hareketini almıştı. Bu
haliyle o seksi kadın değil de, bu akşam biraz gecikmiş
olan babasını bekliyen bir küçük kız gibiydi.

İçim giderek yumuşamıştı. Binaya giren çıkan da yoktu
pek. Tanımadığım kimse yaklaşmamıştı bile. Ama bekle-
meliydim. Bu kez yanılmış olamazdım. O ise balkonda ba-
zen kafasını kaldırıp, bir yere dikkatle bakıyor ama çabuk
vazgeçiyor, tekrar kaderine razı ama hafifçe de sıkılmış bir
hal alıyor ama orada uslu uslu beklemekten vazgeçmiyor-
du.

Beklemeye başlayalı iki saati geçmişti.

O bazen ayağa kalkıyor, geriniyor, elindeki bardaktan
herhalde bir içki yudumluyor, sonra tekrar beton korkulu-
ğun kıyısına oturuyordu. Ya elini kafasına dayıyor, ya da o
çok sevdiği pozisyonu alıp, ilerilere ve apartmanın önüne
bakmaya devam ediyordu.

Benim de sabrım tükenmişti. Artık vazgeçmek üzerey-
dim ki apartmanın önünde bir karışıklık oldu. Sanırım dik-
katimin dağıldığı bir anda kapıdan bir kişi geçiverdiğini
anladım. Adamı ancak içeride otomatiğin ışığı yandığında
sırtından, o da bir saniyeden kısa görmüştüm.

Yukarı baktım. Sevgilimi yerinde göremedim.

İçime kocaman bir ateş düştü ve midemden gırtlağıma yükselerek beni ter içinde bıraktı. İçim bulanmıştı heyecandan. Başım kendi kendine sallanıyor gibi geldi. Olduğum yerde acıyla kıvranmaya başladım. "Tamam!" dedim "yanılmamışım." Kalbim bedenimin her yerinde birden atmaya başlamıştı. Koşa koşa oraya gitmek için dayanılmaz bir istek duysam da yerimde biraz daha beklemeliydim. O ağacın dibinde yaklaşık ikibuçuk saat geçirmiştim. Bir on dakika daha geçirir, onları yatak odasına giremeden, koridorda yerde, üzerlerindeki eşyaları hırsla, şehvetle ortalığa dağıtmış, sonra da üstüste çıkmış halde yakalayabilirdim.

On dakika sonra karanlık merdivenlerden kedi gibi tırmanıyordum. Kapının önünde çıtımı çıkarmadan, tüm sesleri kayıt etmeye hazır bekledim. Sanki derinlerden bir yerden inleme sesleri geliyordu. Elim ayağım kesilmişti, ölecek gibiydim.

Anahtarı deliğe inanılmaz bir sessizlikle soktum. Ve "Şimdi," dediğim bir anda da hızla açıp içeri daldım. Hemen koridora baktım. Kimse yoktu. Koşarak banyoya gittim. O kadar gecikmiş olamazdım. Zaten orda da değildiler. Yatak odası... Oradan bir inleme duydum sanki. Yavaşça ilerledim. Oda karanlıktı. İçeri girmeden elimi uzatıp lamba anahtarını buldum. Kalbim kulaklarımda atıyor, kendi iç sesimi duyamıyordum; başım dönüyordu; sanki ölecek gibiydim. Birden ışığı açtım. Yatağın üzerinde uzanmış duran, benim ona aldığım ve en sevdiğim, loş ışıkta kızıl kızıl pırıltılar saçan bordo saten gecelikten başka birşey yoktu. Yandaki sandalyenin üzerinde ise pijamalarım özenle üstüste katlanmış, beni bekliyorlardı.

Bir an aynada darmadağın, bir çılgına benzeyen yüzümü gördüm. Kendimden korktum. Herşeyden şaşırmış halde koridora döndüğümde sevgilimi gördüm.

Çok güzel giyinmişti. Benim ona yeni aldığım elbiseyi giymişti. Çoraplar, yüksek topuklu ayakkabılar, saçlar... Herşeyiyle mükemmel gözüküyordu. Yeni sıktığı belli olan parfüm onunla birlikte dalga dalga ilerliyor, insanın bütün mukavemet gücünü teslim alıyordu. Şaşkınlıkla bana bakıyordu.

Bu hazırlığın o adama olduğundan ve ben buralara bakarken belki de onun kaçıyor olduğundan emin olduğum için, hırsla ve sorar gözlerle baktım sevgilime.

O ise sevinmiş gibiydi. "Ne zaman geldin güzelim? Balkondaydım," dedi, kocaman gülümseyerek.

Onu kenara iterek salona ilerledim. Hiçbirşey anlamamış gibi yapıyordu. Belki bir iz, bir işaret bulurum diye hızla etrafa bakındım. Kapıyı açıp, merdiven boşluğundan bir ses geliyor mu diye dikkatle dinledim. Yoktu. Döndüm ve balkonda üzerinde çeşitli tabakların olduğu masayı o zaman gördüm.

Şaşırma sırası bana geçmişti. Sinirlerim harabolmuştu ve aklımı toplayamıyordum. Artık elim ayağım çözülmeye başlamıştı.

"Eh!" dedi sevgilim, yalancıktan kinayeli bir bakışla. "Baktım sen hatırlamıyorsun bir hafta geç olsa da kutlamalıyız, deyip, bu gece senin için hazırlandım ve yemek yaptım. Bu ilk buluşmamızın üçüncü yılı. Sen, bütün kutlamaları yapmalı insanlar, demez misin?"

Gülümsedi ve bütün ihtişamlı dişiliğiyle sarıldı bana.

Onu öptüm, kokladım. Haklıydı. Yıldönümüydü. Ben normalde asla unutmam ama son yılda bu 'başka adam' fikriyle o kadar bozmuştum ki ne aklım ne de hafızam kalmıştı. "Beni seviyor, kimbilir ne zaman hazırlandı ve bütün gece hiç üşenmeden beni bekledi," dedim kendi kendime... "Beni, bu kafası her türden ahlaksızlıkla dolu adamı, bütün kalbiyle, tam dediğim gibi küçük bir kız çocuğu bağlılığıyla seviyor. Benim sapık düşüncelerimden haberi bile yok. Benimle olunca mutlu demek ki. Demek ki başka birşey istemiyor. Başka birine, böyle bir oyuna ihtiyacı yok.

Ben de ona sımsıkı sarıldım. Ama bu şehvet dolu bir sarılış değildi artık. Şefkat dolu bir sarılıştı. Sımsıkı sarılmam gerektiğini düşünüp sarılmıştım.

O, çok belliydi ki, bana öyle bir acı yaşatmayacaktı. O beni orada o balkonun çıplak ışığında saatlerce aç bilaç bekleyecek, o yemeği benimle, sadece benimle yediğinde de mutlu olacaktı.

Yemeğimizi sessizce yedik. İçimde kocaman bir kayıp duygusu vardı. Ona arada şefkatle baktım. O sevindi buna. Dudaklarını uzattı. Derin derin öptüm. Daha sonra olması gerektiği gibi uzun uzun seviştik. Yine, şehvetten çok şefkat vardı sevişmemizde. Hırçınlaşmadan, birbirimizi hırpalamadan, her bir noktamızın tadını çıkara çıkara saatlerce seviştik. Her yerini yavaş yavaş kokladım, öptüm. Yavaş yavaş içine girdim. Onu hiç incitmek istemiyordum. O benden daha kıymetliydi. O bu yumuşaklığa şaşırsa da mutluydu sanırım. Sonra da yavaşça, çok titremeden içine boşaldım.

Sarılarak uyuduk.

Daha doğrusu o mışıl mışıl uyudu.

Ben sessizce kalktığımda o uyuyordu hâlâ. Evden, ayrılamayacağım bir iki parça şeyi sessizce alıp, çıktım. Arabayı yine yavaş yavaş şehir dışına doğru sürerken, güneş otobanı aydınlatmaya başlamıştı. İçimde acı veren tarifsiz bir boşluk vardı. Yalnızlığa benzer...

— • —

Çiçekler…

I

Ellili yaşların ortalarında, kendini sakin tutan adamlardan biriydi. Planlı olmayı severdi. Alacağı zevkleri bile planlayabilmeyi öğrenmişti yıllar içinde. Ayrı bir kişilik haline gelecek kadar kocaman olmayan, hatta ona yakışan bir göbeği vardı. Sakallarının temiz düzeltilmiş olmasına dikkat eder, çok da uzatmazdı.

Evliydi ve zamanında sosyoloji okumasına karşın, şimdi bir üniversitede iletişim dersleri veren, adı az çok bilinen bir profesördü. Daha sonra da değineceğimiz gibi, tek çocukları çoktan büyümüş, evden, dahası ülkeden gitmişti. Evleri, evlenince girdikleri ilk ev sayılırdı. Daha doğrusu evlendikten bir yıl sonra bu şehire, hadi adını da söyleyelim, İstanbul'a, bir üniversiteye gelmek isteyince yerleştikleri ilk evdi. Geniş salonun bir yanını boydan boya kaplayan camlardan denizi görürlerdi.

Karı koca, adamın dersinin olmadığı günlerde ve haftasonları cam kıyısında karşılıklı berjer koltuklara oturur, kitap okur ya da pek konuşmadan gelip geçen tankerleri seyrederlerdi. Boğazın her daim hafifçe çırpıntılı, sakinleşemeyen yüzeyinden yansıyan güneş, özellikle öğleden sonraları, camlarda ve salonun içinde çeşitli oyunlar oynar, insanın gözlerini kamaştırırdı.

Akşam salona kızıl bir ağırlık çökmeye başlayınca kadın kalkar, küçük bardaklara doldurduğu ev yapımı likörleri getirir, bir süre demlenerek aileyi ilgilendiren konulardan söz açarlardı. O da, yeri geldiyse…

Bazen heyecanlanan kadın, yeni bir gelin olasılığından bahseder, adamın "Yine nerden çıkarıyorsun bunları?" deyip küçümsemesine bakmadan çocuğuyla son telefon konuşmasını anlatırdı. Tabii, oğlunun bazı kelimelerdeki sürçme ya da uzatmalarını annelik hissiyatıyla değerlendirerek.

Elbette her zaman bu kadar geniş olmazdı gün. Adam şehirden erken dönemez, yavaşça karanlık basar, şehir yorgunu adam, karısının anlayışlı bakışları altında sessizce yemeğini yer, sonra da çalışma odasına yönelir, uyku arayan gözlerine inat, biraz vakit de orada geçirirdi.

Ama ondan da önce camönü başta olmak üzere küçüklü büyüklü saksılar içinde evin heryerini dolduran çiçekleri kontrol ederdi mutlaka. Tek tek topraklarına parmağını sokar, sanki birşey anlamak ister gibi kaşlarını çatarak onlara bakar, sonra kimine su ekler, kiminin yapraklarını ayıklardı. Aslında küçük bir sandık odası sayılabilecek, daracık çalışma odasına sonra geçerdi. Odaya zorla yerleştirebildiği minik yazı masasının başında yarınki dersler için hazırlık yapar, bazen de son iki yıldır büyüyüp duran yeni kitabı için çalışma notları çıkarırdı.

Kitap, daha önceki kitabı gibi yine yarı bilimsel bir araştırma kitabıydı ama, bu kez biraz daha üslup yapmak istiyor; aslında hep bastırdığını düşündüğü edebi yeteneğini, bu türde de olsa, göstermek istiyordu. Fakat bir türlü ders anlatma tarzını geçip, kendi istediği gibi bir metne ulaşamıyordu. Yine kuru cümleler, yine soğuk tatsız örnekler ve kendisini bile gülümsetemeyen anlaşılmaz espriler... Ama, o bunu farkeder etmez, inatla, tıpkı anlattığı konulardaki bakışı gibi, sapasağlam kurulmuş cümleleri dağıtıp, tekrardan, artık iyice yaklaştığını düşündüğü, sihrini çözer gibi olduğu bir uslupla yazmaya çalışıyor, şimdilik pek beceremiyordu. Bu yeni hevesi yüzünden kitabın toparlanıp bitmesi durmadan gecikse de, istediğine ulaşmak için durmaksızın çabalamaktan yılacak gibi değildi. Çünkü hayatın her alanında mükemmel olana; tıpkı bilimde olduğu gibi, sabırlı bir planla, tekrar tekrar deneyerek ulaşabileceğimize emindi. Her seferinde yeni bir cümle türünü tükeninceye kadar deniyor, olmazsa defteri toparlayıp ertesi gün yine aynı yerden başlıyordu.

Anlayacağınız, karı kocanın bu deniz manzaralı hayatı, tıpkı Boğaz'ın, sularının üstünde ne kadar çöp olsa da, bildiği yöne akıp durması gibi, sürüp gidiyordu. Ta ki dünkü patlamaya kadar.

Bir gün önce —nerdeyse tümüyle sıradan, öylesine bir tatil günüydü— akşamın geççe bir vakti birden çalışma odasından fırlayan adam, yıllardır yapmadığı gibi sesini yükseltmiş, odaları salona bağlayan daracık koridorda sağa sola asılı resim çerçevelerinden birini —hem de sevdiklerinden birini— yere atıp kırmış, bununla da yetinmeyip, herşeyden ama herşeyden çok sıkıldığını nerdeyse avaz avaz haykırmıştı.

Mutfakta günlük işlerle uğraşan kadın, bu âni, anlayamadığı gürültü karşısında çok şaşırmış, koridora elindeki tabakla telaşla fırlamış; orada çılgınca bağıran, etrafa vuran eşine, dehşete düşmüş halde, ne yapacağını bilemeden, bakakalmıştı. İlk anda "Ne oldu? Ne var?" dese de, çılgınlaşan adama öyle hemen ulaşamayacağını kısa zamanda anlamış, kadınsı bir öngörüyle geriye çekilip, krizin yavaşlamasını beklemeye başlamıştı.

Ama adamın bağırıp çağırması öyle bitecek gibi değildi. "Yalan!" diye bağırıyordu adam, o daracık koridorda hareket edeceğim derken göbeğinin duvarlara sürtündüğüne bakmadan, bir de "Yeteer!" diye.

Çok geçmeden olan biteni az çok anlamıştı kadın. Anlar anlamaz da içine birden korkunç bir yalnızlık duygusu çökmüş, adamın içine girdiği belli olan bu bunalımla, onu orada, o mutfağın içinde bulaşık, çamaşır makinaları arasında terk ettiği gibi bir duyguya kapılmıştı. Yine de susmuştu.

Bu arada adam salona girmiş, sağda solda eline geçirdiği birkaç küçük şeyi de yere atarak kırmıştı. Neden sonra, kıpkırmızı kesilmiş, ağlamaklı bir yüzle, nefesi daralır halde, bir duvara dayanıp azıcık durulduğunda, hâlâ mutfağın kapısında şaşkınlık dolu gözlerle ona bakan kadından ayakkabılarını isteyip, yürümeye çıkmıştı.

Saatler sonra döndüğünde; onun, gözüne, duyacağı herşeye hazır olarak bakan karısına, artık evden ayrılmak istediğini, başka birşeyler denemesi gerektiğini, boğulduğunu, öldüğünü anlatmıştı.

II

Sonraki sabahın erken saatlerinde —yani bugün— eski siyah bavulunu, misafir odasının yatağının altından, ihmal edilmiş eski bir dost havasıyla, çekip çıkarmış; onun kanatları zamanla çarpılmış yüzüne, aynı eski bir dostumuzu birden yaşlanmış gördüğümüzde olduğu gibi, hüzünle, gülümseyerek, bakmış, içinden yükseliveren; zamanın yenilmezliği gibi, seslere teslim olmamış, yaşlı, yorgun bavulun sağını solunu zorlayarak düzeltmeye çalışmış, sonra da yıllardır sağa sola dağılmış eşyalarından bazılarını köhne arkadaşının içine doldurmaya başlamıştı.

Tabii önce, nasıl olup da zamanla en derin sandıkların en dibine kaçtığını anlamadığı önemli hatıraların nesnelerini aramak zorunda kalmıştı. Amcasının armağanı dolmakalem, babasının aldığı saat, ilk ve evlenmeden önceki tek sevgilisinin armağanı traş fırçası, bazı mektuplar, annesinin bozup bozup tekrar üzerine uygun hale getirdiği ceket, okul takımındayken aldığı ödül, akademik ödüller, bir dergide —o da sonradan kapanmıştı— çıkan ilk makalesi...

Daha bunun gibi yaklaşık elliyedi yılı dolduran nesnelerle ve onlara sinmiş geçmiş izleriyle karşılaştıkça, çoğu kez olduğu yerde kalakalmış; gözleri hızla yaşarmış, sonunda artık yanında olmayan oğlunun bir doğum gününde ona verdiği, onun da yine gözleri yaşararak bir kenara koyduğu kravatı görünce doya doya ağlamıştı. Bu ağlamadan sonra —ki pek zor ağlardı— ağlama damarları açılmış gibi olmuş, eline geçen hemen her eski zaman nesnesiyle kendini tuvalete zor atmaya, gırtlağına düğümlenen çaresiz kayıp duygusunu fazla frenlemeden, gözlerinden yaşlar akıtmaya başlamıştı.

Bu kendini tuvalete atmaların birinde, aynada gördüğü saygıdeğer profesöre ait yüze bakarken, şaşırmış gibi elindekini bir kenara bırakmış, çoktandır tombullaşarak boğumları ortaya çıkan, temiz ellerini, yüzünde, sanki ilk kez gördüğü yabancı bir nesne gibi, bomboş bir saflıkla ve şaşkınlıkla dolaştırmaya başlamıştı. Herbiri kendine göre dalgalı hatlarla alnı boydan boya bölen, ince ince terlemiş kırışıkların derin girintilerini baştan sona yoklamış; hem yaşlılıktan hem de ağlamaktan küçülen gözlerin altındaki torbalara, parmak uçlarıyla; uyuyor mu yoksa ölü mü olduğu bilinmeyen bir hayvana dokunur gibi tedirgin bir dikkatle bastırmış, sonra da, şaşkınlıkla, yerçekiminin yıllar süren ısrarcı çağrısına sonunda uymak zorunda kalmış yanak etleriyle ilgilenmeye başlamıştı. Hafifçe yukarı ittirdiği yanak torbalarının mecalsiz tepkilerine hayretle bakıp, onları canının acımasına aldırmaksızın sıkmaya, sağa sola çekip ne kadar uzadıklarına bakmaya başlamıştı.

Biran —artık açıkça yanaklarından kulak diplerine uzanan acıdan olsa gerek— kendine gelip, sanki karşısında acıyla kımıldanan yaratığı ancak şimdi tanımış gibi, durmuş, hızla ciddileşmişti. Fazla uzamış kılları, mahallenin yaşlı berberi tarafından düzenli olarak koparılan kaşlarını kızgınlıkla çatarak "Profesör Sacit Şanlı," demişti, aynadan ona bakmakta ısrar eden saygıdeğer adama.

Bilirsiniz, kendimizi henüz anlamlandıramadığımız boşluk anlarımız vardır, günlük hayatta. Mesela uykudan ilk kalkma anlarımızda ya da bir sarhoş kadar yorgun olduğumuzda filan, olur bazen. Bazen de uzun süre sonra başka bir yatakta uyandığımızda ya da kendimizden geçinceye kadar iyi bir dayak yediğimizde... İşte o zaman etrafımızı saran yansımaların birbiriyle karışıp yarattığı esrarlı hayallerle dolu dünyanın sisi içinde, sanki birşeyleri hatırlamaya, tanımaya çalışırız, çok kısa bir süre. Bazı haller hariç, o kadar kısadır ki bu an, aynadaki yüzün kime ait olduğunu açıkça sormaya vakit bulamadan, buğu aniden çözülür ve aynalardan yansıyanların anlaşılmaz başka dünyalardan gelen yabancılar ya da hayaletler değil de kendimizin birebir yansıması olduğunu anlarız. Ve o anı hemen unutup savaşa başlarız tekrar. İşte o gerçek zamana inince, kendisiyle başbaşa kalan profesör, artık tanıdığı yüzü bu kez nefretle süzmeye başlamıştı.

Yanaklarını tekrar —bu kez sinirle— çekiştirmiş, yanlara doğru üçgenler halinde gerilen deri parçalarının onu beceriksiz animatörler gibi komikleştirmesi karşısında iyice zıvanadan çıkar gibi olmuş, hareketleri iyice abarmış, yanaklarını yüzünden koparırcasına çekiştirmeye başlamıştı. Sanki —sonradan düşündüğünde onun da tespit ettiği gibi— bu, onu dinlemeyen, artık kendine göre bir yol tutturmuş yüzün altında gerçek, başka, belki de o eski, asıl olduğunu sandığı eski yüzü ortaya çıkarmaya çalışmıştı.

Yanakların çekilerek uzatılması komikleşmekten başka bir işe yaramayınca, yüzüne daha akıllı bir anlam verdiğini düşündüğü, biçimli ve kısa sakalıyla ilgilenmeye başlamıştı, Profesör Sacit Bey. Hafifçe tombul parmaklarıyla sakalının kıllarını acımasızca çekiştirmiş, sonunda bu keskin çekilmeye dayanamayan bir kıl tutamını yerinden koparmayı başarmıştı.

İşte ancak o acıyla irkilmişti. Ne yaptığını tam anlamayan bir şaşkınlıkla kalakalmıştı, banyonun özel olarak aydınlatılmış aynasının kendine göre yalancı pırıltılar saçan yüzeyinin karşısında.

Az sonra, olan bitenden içi ürpererek, kendini salona, koltuğuna atmış haldeydi.

Artık öğleden sonraydı. Işığa boğulmuş salonda büyük yapraklı çiçeklerin gölgeleri titreşiyordu. Onu her zaman şefkatle kucaklayan koltuğun derinliklerine attığı bedeninden uzanan iki kol, yanlarda eski bir sinirlilikle kendiliğinden titriyor, koca profesör bomboş gözlerle denizin üzerinde sağa sola yalpalayan ama birbirine çarpmayan teknelere bakıyordu. Işığa boğulmuş kaldırımdan geçen siluetlere ve karşıdaki yeşilliğin kıpırdayan tepelerine... Kalktı, salonun denize bakan cephesini boydan boya kaplayan camın önündeki çeşit çeşit çiçekten birinin toprağına parmağını daldırdı. Mutfaktan su alıp, bir ikisini suladı. Bir ötekinin başında durup, sararmaya yüz tutmuş iki yaprağı kopardı.

Sonra da yıllar süren öğretmenlikten kalma disiplinlilikle işine kaldığı yerden devam etti. Yorulmuştu ama ilerliyordu. O odadan o odaya, o çekmeceden ötekine gidiyor, bazen telaşla elindekileri atıp, aklına gelen birşeyi bulmak için kitaplığa yöneliyor, titrek ellerini raflarda dolaştırıyor, bazen birini tutup çıkarıyordu; nitekim, eski bir mektup sayfası, sırtlarından tutup silktiği kitaplardan birinin arasından yavaşça sıyrılıp sallanarak, ayaklarının dibine konuveriyordu.

Kadın, koridorda ya salonun ya da mutfağın kapısına dayanmış halde, onun odadan odaya ve bazen tuvalete girişine kederli gözlerle bakıyor; içinden, "Yirmisekiz yıl... ve bir kriz. Belki de geç bile... Nereye gidecek ki? Bir otele gider. Kimseye yük olmak istemez. Ne yapacak ki? Ben ne yapacağım peki? Üstüne birşey aldı mı acaba?" gibi kopuk kopuk sorular, boşlukta gezinen cevaplar geçiyor, ama ne diyeceğini bilemediği bu hezeyan dolu ortamda ağzından tek kelime olsun çıkarmıyordu. Son saatlerde henüz yeterince büyük olmayan bir küskünlük hissetmeye başlasa da, nedense bu olay başladıktan beri ruhunu saran yorgunluğu aşamıyor, orada, kapı diplerine yaslanmış olarak adamı, kocasını seyrediyordu.

Evlendiklerinde ikisi de üniversitede öğretim görevlisiydiler. Sonra kadın doçentlik tezini verip ayrılmış, adam devam etmişti. Ev kadınlığı, bazı çocuklara ders verme ve elbette herşeyi yerinde görmek isteyen bir adamın istekleri... Zayıf ama dengeli duruşlu bir kadındı. Bir çocuk büyütmüşler, onu Amerika'ya eğitime göndermişlerdi. Çocuk da onların yolundan gitmeye karar vermiş, eğitim gördüğü okulda akademisyen olarak kalmıştı. Bu karara saygı duydularsa da, evlatlarının uzak olması hep canlarını sıkmıştı.

Adam yorgunlukla bir odadan çıktığında, seslendi kadın: "Yardım ister misin?"; sesi, korkutmak istemez gibi, boğuk ve inceydi.

"Hayır! Teşekkür ederim. Herşeyi kendim toplamalıyım."

"O zaman yemek molası ver biraz."

"Peki!"

III

Sonunda hava kararmıştı. Gün boyu, bavulun ve odaların etrafında sanki yıllardır sabırla beklediği bir arınma ritüelini yerine getirir gibi törensel bir gerginlikle ve pek de ara vermeksizin gezinmiş; sonunda, "Yeter bu kadar," diyerek, siyah bavulu kapatıp kapı ağzına yakın biryere çekmişti, adam.

Yorulmuştu. Artık genç sayılmazdı. Kendini evin manzarayı en iyi gören ve yıllardır otura otura tam da onun bedeninin çıkıntı ve çukurlarına uyumlu hale gelmiş koltuğuna attığında, yanına almak istediği ama alamadığı eşyaların fazlalığıyla şaşkın haldeydi.

Fakat bunu düşünüp içinde büyüyüp duran ve yine gözlerinden yaşlar getirecek duyguyu dinlemeyecekti. Hemen arkada salonun kapısız pervazına dayanmış halde, adamı giderek daha da umutsuzlaşan gözlerle izleyen karısından, yılların alışkanlığıyla, bir su istedi.

"İlacını da ister misin?" kadının sesi gırtlaktan ve garip bir hışırtıyla çıkmıştı.

"Sana zahmet..."

Su ve küçük beyaz hap geldiğinde dalmış, Boğaz'dan geçen bir tankerin adını okumaya çalışıyordu. "Bayrağı da şüpheli birşey bunun—Panama olsa..." Tıpkı belki de yirmiyedi yıldır hemen hergün yaptığı gibi, bir iç konuşmaydı bu.

Yaklaşık yirmi saat süren savaştan sonra bir sakinlik çökmüştü içine. Bir parça huzur... Eski huzurlara benzemeyen, düşünülüp tasarlanmamış bir huzur... Huzurlu olsun diye dinlediği müzikler, baktığı kitaplar yokken; başka türden, kendiliğinden oluşmuş bir huzur... "Birşeyi geçmiş olmanın, bitirmiş olmanın hafifliği bu. Ama neyi bitirmenin?.." Çok düşünmedi. İçindeki tatlı, alçakgönüllü yükseliş bitsin istemiyordu. Odayı incelemeye koyuldu. "Şu kum zambağına bak, ne kadar büyüdü," dedi. "Geçen sene az daha kaybediyorduk onu. Çiçek veremese de yeni saksı yeni toprak işe yaradı keratada."

Birden aklına birşey gelmiş gibi arkasına dönüp, karısına "Bunun dibi susuz kalmamalı, ama boğma da! İki günde bir su versen iyi," dedi, "Ha! Bir de taksi çağırır mısın, sana zahmet? Yoruldum gerçekten. Yaşlanmışım."

Kadın uzaklaşırken, mırıldanmaya devam ediyordu adam: "Eee! çiçekçikler, hepiniz bunca zamandır burada benimleydiniz. Bakalım şimdi ne olacak? Hay Allah! Şu kauçuğa bak, oraya çekince coştu, ağaç oldu valla. Ama ananasın saksısını değiştirmek gerek. Bu Aspidistayı da nerden kattım buraya? Tam çıtkırıldım; güneşten korumalı, yanar gider valla. Eh! Onun da baharda saksısı değişmeli. Şu kamelyayı ben bile bit içinde bırakmıştım geçen sene. Şimdi ne yapar bakalım. O da ne acayip çiçektir, her halinde farklı davranılsın ister hasbam. Tomurcuklu ayrı, çiçekli ayrı... Ne zaman ne kadar su istediğini ben bilirim onun. Yüzüne bakarım; o söyler bana."

Birden sustu adam. O andan sonra koltuğunun etrafını saran çiçeklerine endişeyle bakmaya başlamıştı. Sanki onlar da dikkat kesilmiş; onu, onun içinden geçenleri, dinliyorlardı. Böyle olduğunu düşündüğü çok olmuştu ama, şimdi, emindi. Onu dinliyorlardı.

Bu yüzden dinleniyormuş izleniminden çıkamadan, düzgün cümleler kurmaya gayret ederek, çiçeklerini düşünmeye başladı. Teker teker... Herbirinin adını söyleyerek onlara laf atıyor, vedalaşıyordu. "Hoşçakal petunya, hoşçakal anhudium, bir daha yaprakları salıvermek yok!" Gülümsedi. Onlarla sohbete daldığında kimisinin latince adlarını söylemeye bayılırdı. Böylece arkadaşlar arasında bir takılma havası edinir; "Cam Güzeli" yerine "impatiens wallerina"; öndeki yaprağının kenarında bir bölgesi boylamasına sararmış duran Paşa Palası'na "sanseviara trifascita" der, aklınca şaka yapar, kendince eğlenirdi. Ama iş Hercai Menekşe'ye geldi mi, aklına "viola tricolor" gelse de, bu garip latince adı bir türlü ağzından çıkaramaz, onun alınacağından korkusuna mı ne, bu başkalarının menekşelerine göre çok daha koyu mor olduğuna inandığı çiçeğiyle, dalga geçemezdi. Onun küçüklüğüne bakmadan her halta dayanıklı, delikanlı bir çiçek olmasını, gülerek ama gururla kabul eder, ona saygı gösterirdi. "Hoşçakalın hercai menekşelerim. En koyu mor menekşeler sizsiniz bu dünyada. Hoşçakal Siklamen!" Yine durdu. O siklameni bir öğrencisi getirmişti. "Seni yaşattım ya!" dedi maharetinden gururlanarak "Neydi o kızın adı? Seni o plastik, sahte topraklı, çiçekçi saksısında getirmişti. Sarışın bir kızdı. —Feyza! O da mezun olup gitti. Hah ha! O zamanlar aramızda birşey olacak ya da oluyor, diye düşünmüştüm. İşe bak! O kız da, o duygu da uçup gitti; ama sen buradasın. Hoşçakal..."

Kalkıp onları son bir kez sulaması gerektiğini düşündü. Ama kımıldayamadı. Aklından "Birtek çiçekle uğraşanlar bilir, zamanı gelip de çiçeklerden birini sulamaya başladın mı sanki bütün çiçeklerin üzerinde gizli bir rüzgar eser; çiçekler yapraklarını ayan beyan, hatta hafifçe, ne hafifçe, bayağı heyecanla, kımıldatır, sevinirler." Bu son söylediği cümle hoşuna gitmişti. "Gizli bir rüzgar eser gibi kıpırdanır çiçeklerin yaprakları. Sevinirler." Tekrar tekrar kurdu bu cümleyi. Bir kez de kendi duyacağı kadar yüksek sesle söyledi. "Aradığım uslüp böyle birşey olmalı işte," dedi. İçinden yükseliveren küçük sevinç gülümsetmişti onu.

Sanki tam da o an o malum rüzgar yine esti, camın önünden yarı açık balkon kapısına doğru. Onun da yüzünü yalayarak. Deve Tabanı, Petunya, Siklamen, Fesleğen, Cam Güzeli ("impatiens walleriana"—hah ha!), Difenbahya, Kauçuk, Hercai Menekşe'ler, Kamelya, Gardenya; onun yanında, bir çatal direğe tırmanmış Mum Çiçeği, dışarıda da olsalar, sardunyalar, mavi çiçekli ortancalar ve kenardaki alaca sarmaşık... Hepsi yapraklarını belli belirsiz kımıldattı. Paşa Kılıcı bile, sanki...

Adam ağlayacak gibi oldu bir anda. Kalkmak, onlara tek tek sarılmak istiyordu. Birden bu koca dünyada onu gerçekten sadece bu çiçeklerin anladığını düşündü. "Bir tek bu çiçekler," dedi, "burada benim yanımdalar. Beni bırakmamak için ellerinden geleni yaptılar şimdiye kadar. Bir yere gitmediler. Nereye gidebilirler ki? Ya ben?"

Ağlamamak için gözünü çiçeklerden ayırmak istiyordu. Balkon kapısının ardında duran tabloya takıldı gözü. Bir manzara resmiydi bu. Viyana'ya yaptıkları bir gezi sırasında almışlardı. Taklit bir şeydi ama o zaman hoşuna gitmişti. Büyüklü küçüklü ağaçların olduğu bir koruda, bir çocuk, belki de bir çoban, eğilmiş, su içiyordu, incecik akan berrak dereden. "Onu oraya asalı belki sekiz yıl oldu ama daha sonra hiç dönüp bakmadım," dedi, mırıldanarak. "Hiç de fena birşey değil."

Kapının zili çaldı. Zaten ne zamandır girişte duvara yaslanmış duran kadın dönüp kapıyı açtı.

"Taksici!" dedi kadın, yine başka bir dünyadan seslenir gibi boğuk çıkmıştı sesi.

Cevap hemen gelmedi içeriden. "Duymadı," dedi kadın kendi kendine, "öyle ya! Ben bile çoktandır sağırlaştım sanki. Onun zaten pek iyi değildir kulakları. Ne yapacak ki böyle? Ne olacağız? Bir süresi var mı? Yanına doğru dürüst giyecek bile almadı. Ama..." Sırtı dönük duran koltuktan sarkan, arada seyiren ele baktı, içi burkularak. Yanına gidip söylemesinin daha doğru olacağını düşündü.

Adam gücü içinden çekilmiş gibi bomboş oturuyor, çiçek yaprakları arasından, bilinmez uzaklara bakıyordu. Kadın yanına kadar gelince, uyarılmaya gerek duymadan dönüp ona baktı. "Ona şu tabloya baktığımdan da uzun süredir bakamadım. Öbürü aklıma gelmedi ama ona bakamadım," dedi kendi kendine. "Ondaki yaşlanmayı görmekten, ona öylece acımaktan korktum belki de. Şimdi de... Şimdi de..."

Adamın, pek tanımadığı şekilde huzur ve hüzün dolmuş gözlerine baktı kadın ve son kez olduğunu düşünerek dokundu kocasının omzuna, o dokunuşla birlikte birşey yandı içinde. Yangın yükselip boğazını yaksa da onca yılın profesör eşi, salmadı kendini, "Taksi geldi," dedi, incitmek istemez gibi yumuşak, ama ağlamaya hazır bir sesle.

Kadının, zamanın islendirdiği gözlerine bakıyordu adam; "Söyle ona kimse yerinden ayrılmıyor. Üç-beş kuruş da veriver" dedi.

— • —

Öğle paydosu

Saat onikiyi sekiz geçiyordu. Her zamanki gibi tam zamanında karşı kaldırımdaydı kadın. Hızla akıp giden arabaların rüzgarıyla eteği dalgalanıyor, önünde beklediği siyah cam kaplı binanın kapısı arada açılıp kapandıkça; bina, caddeye soğuk bir göz kırpıp kendini yine kapatıyordu.

Sıcaktı. Üzerinde alelade bej bir tişört olan adam, caddenin karşısındaki kadına alışkanlıkla ve şefkatle gülümsüyor, arabaların seyrelip kendini onun yanına atacak kadına izin vermesini bekliyordu.

Kadının önünde beklediği binanın yanında bir cep telefonu mağazası vardı. Ve vitrinine zorla sokulmuş gibi duran koca bir telefon maketinin ekranında elektronik bir saat çalışıp duruyordu. Muhtemelen az sonra aynı kaldırımda olduklarında yine on geçecekti onikiyi. Tıpkı son üç aydır, birkaçı hariç hemen her hafta içi gün olduğu gibi...

Gerçekten de çok geçmeden arabaların arasından bir koridor bulan kadın, havalanan etekleriyle uçuyormuş izlenimi vererek adamın yanına ulaştı. Elektronik saatin yeşil, ucu keskin çubukları titredi, kaybolur gibi oldu ve birden 12:10 yazdı ekranında. Hızla sarılışıp ayrıldı kadınla adam. Bu ancak gözaçıp kapayıncaya kadar geçen zaman içinde bir dükkandan yaşlı bir kadın ayağını dışarı attı; bir adam, bir gazete bayiine para uzattı, bir dilenci, yan gözle paraları koyduğu cebine baktı ve erken sararmış bir yaprak hayatını geçirdiği dalı yavaşça bıraktı.

Bir taksiye bindiler hemen.

Artık eleleydiler. Işıklı İstanbul göğü sarsılarak ilerleyen taksinin içinde mavi beyaz aldatmacalar yapıyor, yüzler, eller, dikiz aynasından sarkan parlak şey, şoförün gözlüğü derken herşeye dokunma telaşındaki şımarık güneş ışığı herşeyi birbirine karıştırıyordu. Taksinin camı açıktı. Rüzgar her ikisinin de saçlarını dalgalandırıyordu.

Adam, kadına dönmüş, onun ışığa boğulmuş yüzüne her detayı sanki kendisi o an yeniden çiziyormuş gibi dikkatle ve gördüğü herşeyi onaylayan bir sevgiyle bakıyordu.

Kadınsa ters gelen ışık yüzünden adamın gözlerini pek seçemese de sımsıcak gülümsüyordu adama doğru.

Birbirlerine bir nebze olsun alıştıklarında adam konuştu ilk. "N'aber?" Sesi genizden, bir garip çıkmıştı yine. Hergün buluşulmasına karşın ne yapsa heyecanlanmasını engelleyemiyordu.

İlişki, alışıldığı üzere, zamanla kanıksanıp tekdüzeleşeceğine ikisi de her buluşmada çocuk gibi şaşkınlaşıyor, ötekinin onu nasıl bulduğunu düşünüyor, bir süre birbirlerine ne diyeceklerini, önce nerelerine dokunacaklarını bilemiyorlardı.

Erkek, durumu kontrol altında tutuyor gibi ağırbaşlılıkla gülümsese de ilk söz, tam da şimdi olduğu gibi herşeyi eleveriyordu.

"Sorma, yeni biri geldi büroya Aysen'in yerine. Tabii kızcağız hiçbirşey bilmiyor. En az iki hafta bütün işler bana gelir artık."

İlişkileri Haziran'ın ilk günlerinde başlamıştı. Bir öğle paydosu sırasında bir hızlı yiyecek restoranında, yersizlikten yanyana oturmuş, birbirlerine akan, gözle görülür isteklilikleri sonucu bütün o sıradan sözler, daha ilk andan itibaren başka şeyler söyler olmuş, sonunda hızla birbirine çekilmiş, buluşur olmuşlardı. Sadece iki gün sonra yine aynı restorandan ayrılırken telaşla öpüşmüş, bir hafta sonra da erkeğin ayarladığı bir eve gitmiş, beraber olmuşlardı.

İşin ilginç yanı, tüm bu süreç boyunca ne kadın ne de adam ilişkileri üzerine tek laf etmemişti. Buluştuklarında yalnızca havadan sudan konuşuyor, içlerinden geleni engelleyemedikleri için öpüşüp koklaşıyor, sonra yeniden buluşacakları saati onaylayıp birbirinden zorla koparak ayrılıyorlardı.

"Ben de gelecek hafta iki günlüğüne eğitime Ankara'ya gideceğim herhalde. Şirkette herkes kriz büyür, diyor. Bu salak siyasetçilerle ne olacağı belli değil."

"Hah! İster misin ikimiz de işsiz kalıverelim?"

"Tamam olur valla!. Ne dersin, o zaman daha çok görüşür müyüz?"

"Herhalde sokaklarda olur ancak."

"İlacını aldın mı?"

"Hangisini?"

"Ya! Şu kontrol için olanı hani."

Birden kısık sesle konuşmaya başladı kadın, "Burda mı konuşulur şimdi?" dedi ve kaşlarını mahsusçuktan çatıp, ayıplar gibi ağzını büktü.

Adam da, pot kırmış olarak mahçup mahçup gülümsedi ve alt dudağını ısırdı sevimlilik numarasıyla.

Taksi iki yanı ağaçlıklı bir yolda ilerledi, bir yerden acayip bir dönüş yaptı. Derken yanyana boşluksuz sıralanan apartman duvarları arasında, güneş ışıklarının tabana pek ulaşamadığı, dar bir sokakta durdu.

Bir apartmanın baklava desenli demir çerçeve ve cam karışımından imal dış kapısının önündeydiler.

Adam telaşla ceplerini karıştırıyor, anahtarları arıyordu.

Kadın sakindi; adama bu telaşından da hoşlanmış olarak, dudağının bir kıyısıyla gülümseyerek bakıyor, erkeği bugün nasıl diye, yukarıdan aşağıya inceliyordu. İçinden bir duygu yükseldi. Gülümsemesi genişledi. Herşey nasıl da akıp gidiyordu böyle...

Evet! Bu kadarıyla çok mutluydu. Bunu biliyordu ve herşeyi tam burada, bu havai, temelsiz ama en muhteşem noktada tutmanın en iyisi olduğunu öğrenecek kadar da tecrübe edinmişti şu verdiğini katıyla alan hayatta. Ve içinden kendine bile sormak gelmiyordu hiç "Ee, Sevgili Seher, bu mutluluk nereye kadar böyle gidebilir?" diye... Bu tedirgin edici soru, arada, özellikle akşamları, çocuğunu yatağa yatırıp da başucunda bir süre onu seyrettiği sırada geliyor olsa da, büyü bozulur korkusuyla bir adım öteye gitmek istemiyor, sadece yarını, erkeğine nasıl gözükeceğini düşünmek istiyordu. Beceriyordu da...

Ertesi gün, öğlen saatleri yaklaştığında üstüne başına tekrar bakıyor, makyajını yapıyor, işyerinde genç kızlar gibi neşelenip sadece kendisi değil bütün arkadaşları için eğlenceli biri oluyordu. Sonra buluşma saati geliyordu. Adam orada oluyor, o da ona koşuyordu, içinde hiçbir soru olmadan... O caddeyi geçerken kendini yerçekimsiz, kocaman bir boşluğun içinde, sorulabilecek bütün sorulardan daha yüksekte hissediyor, karşı kaldırımda ulaşacağı erkekten başka hiçbirşey gözüne gözükmüyordu. Sadece o karşıya, sevgilinin kollarına atılış anını bile ne kadar mantıklı olursa olsun hiçbir soruya feda etmeyi aklına bile getirmek istemiyordu.

Bu küçük ama temiz evi ikisi de tanıyordu artık. Adamın bir süre önce kiraladığı ve sadece gündüzleri kullandıkları evde, yine adamın ayarladığı temizlikçinin havalandırması dışında, camlar, perdeler hemen her daim kapalı tutulurdu. Ev, öğlen sıcağının sokakları esir aldığı vakitlerde sessiz nemliliği ve yakın zamanda yaptırılmış boya ve cila kokusunun hafifçe yakıcı kokusu içinde onları bekliyor oluyordu.

Onlar da oraya girer girmez, bir daha, ama bu kez kimsenin göreceği korkusu olmadan adamakıllı sarılışır, derinlemesine, doymak bilmeden öpüşür, sonra da kendilerini son derece basit bir yatak ve kıyısındaki eski ama temiz bir koltuktan ibaret yatak odasına ancak atarlardı.

Bugün de görünürde yine aynı öteki günlerdeki sıralamayla yaşamaya başlamışlardı öğlen paydosunu. Son haftalarda herşey o kadar bildik bir akışkanlıkla tekrar ediyordu ki; işin kendisinin bir kaçamak olması dışında göze batan hiçbir fazlalık olmuyordu buluşmalarında.

Adam uzanıp ışığı açtı. Açar açmaz da salon duvarlarının mavisi hafif bir beyazlıkla birlikte bütün evi doldurdu. Ortadaki, kalın, ayakları tornada boğum boğum işlenmiş, eski ama tok, sağlam ahşap masanın yanında, masaya göre zayıf kaçmış, tek bir sandalye vardı. Yer tahta kaplıydı. Yeni olduğu belli olan cilası tavandan sarkan çıplak lambayı yansıtıyordu yer yer.

Işık yanınca bir an için ayrı kalan kadın ve adam odayı şöyle bir hızla gözden geçirip birbirlerine baktılar tekrar. Sonra da yine hırsla sarılıştılar ve öpüşmeye başladılar. Doyamıyorlardı.

Yalnız bu son öpüşmede bir farklılık hissetti kadın; sanki adam bir an önce ayrılmak başka bir yöne gitmek istiyor gibi tedirgindi. Öpüşmeyi daha da uzatıp, adamın bu isteğinden emin olmak istedi Seher.

Evet! Adam kadının dudaklarına her zamanki gibi tutkulu davranmıyor, kırmadan uzaklaşmak için bir çare arıyor gibiydi.

Hafifçe panikledi kadın ve adamın dudaklarından ayrılmak istemedi. Aslında bugün, daha ilk buluşma anında erkekte küçük bir değişiklik hissetmiş olduğunu anımsadı.

Ama önemsememiş, her zamanki gibi de hiçbirşey sorma-
mış, sonra da unutmuştu. Fakat bu öpüşmeler sırasında o
değişikliğin gözle görülür olduğunu farkedip telaşlandı.
Şimdi adamı bir yandan öpüşüyle tutuyor, bir yandan da
mütevazi aşk odalarına çekmeye çalışıyordu. Onu, erkeği-
ni bir an önce tümüyle içine almak, onu sakinleştirmek,
tekrar aşklarını pürüzsüz hissettiği hale dönmek istiyordu,
içgüdüsel bir duyguyla...

Ama adam artık biran önce ayrılmak için çabalamaya
başlamıştı. İçeri gitmeyi hiç istemediği de çok belliydi.

İpleri ele almak gerektiğini hisseden kadın, adamı elin-
den sıkıca tutup, abartılı bir neşelilik takınarak içeriye doğ-
ru çekmeye başlamıştı.

Adam kibarca ama açıkça durdurdu onu. Sonra da elini
yavaşça çekti. Sadece yaptığı hareketin kabalığını kapat-
mak için gülümsemesine devam ediyordu.

Biran ne olacağını ikisi de bilemiyormuş gibi bakıştılar.
Adam bir karara varmış gibiydi. Bu kez o tuttu kadının eli-
ni. Ve onu daha fazla incitmemeye özen göstererek, o güç-
lü duruşlu masanın yanına çekti nazikçe.

Perdenin kıyısından günün ışığı sızıyor, aslında kırmızı
kadife olan perdeyi kapkaranlık bir bez haline getiriyordu.

Masanın başında kalakalan Seher şaşırmış ve korkmuş-
tu. Yoksa o gün gelmiş miydi? Artık tamam mıydı? Bugün
son kez mi buluşmuşlardı? Adamın karısı, evden ayrılarak
gittiği yerden dönmüş ve herşeye yeniden başlama kararı
mı almışlardı?

Adam, sandalyeyi kadın otursun diye, ses çıkarmak is-
temez gibi nazikçe arkasına çekince, artık herşeyin bittiği-
ne, adamın o bitiş konuşması için bu hazırlığı yaptığına
emin oldu. İçinde hertürden pişmanlıkla kaplı bir yanma
yükseldi. Boğulacak gibi oldu. Sandalyeye çöktü. Şimdi
kafasını kaldırıp karşısında huzursuzlukla kımıldanan
adama bakamıyor, ne yapacağını bilemediği için dümdüz
ileriye, hatta neyi gördüğünü pek bilmese de giriş kapısı-

nın yanındaki duvarda, yeni boyanın kapatamadığı eski bir lekeye bakıyordu.

O oturunca lavoboya kadar gitme izni istedi adam. Hemen gelecekti.

Adamın güç toplamak için lavaboya kaçtığını düşündü kadın. Belliydi ki ne yapacağını biliyordu adam. Hazırlanmıştı. Ah! Evet, şimdi... Başından beri o hep korktuğu an gelmişti yani. Az sonra başına dikilecek ve ilişkilerinin ilk anından beri özenle sorulmamış bütün soruların cevaplarını tek tek söyleyecek, her bir cevapta ne kadar nazik, ne kadar centilmence davransa da –ki bu daha da incitici olurdu- bu büyük mutluluğun bir parçası gelecekte bir daha yerine hiçbirşey konamaz şekilde yokolup gidecekti. İçindeki yanmanın ve kulaklarını uğuldatan daralmanın onu bayıltmaması için dua ediyordu. Hayatta yaşadığı şu en mutlu zamanların sürmesi için elinden ne geliyorsa yapardı aslında. Adam konuşmaya, bütün dünyayı yıkmaya başlamadan bir şekilde sustursa mıydı onu? Bu acıyı erteleyebilseydi bir şekilde. Keşke şimdiye kadar sanki hayatlarında hiçbir pürüz yokmuş gibi, günlük, içini tümüyle sıradan konuşmalarla doldurdukları zamanlarda o sorunları teker teker konuşsalardı. Belki biraz sıkılır, biraz tökezler ama muhtemelen teker teker hallederdiler bu vakte kadar. Ama bu büyü, daha ilk andan itibaren öyle sarmıştı ki ikisini de bunu bir anlığına bile olsa bozacak tek kelimeye dahi dayanamazlardı. Bu böyle olmuştu başından beri. Bu ilişkinin hamuruydu hatta. Hiç aralarındaki ya da öteki ilişkileri üzerine konuşmadan birbirlerine koşuyor, doyamayacakmış gibi birbirlerinin içindeki son duyguyu, aşık oldukları ama dile getiremedikleri o derindeki parçayı bulmak, onu içlerine doldurmak için birbirlerinin bedeninin üzerinde şehvetle, hırsla eşiniyor, her seferinde minnettarlıkla ötekine bakar halde kalıp, herşeye tekrar başlamak için biraz olsun güçlerinin yeniden yerine gelmesini bekliyorlardı. Ona kalsa, çocuğu olmasa, kocası olacak o adama bir dakika daha katlanmaz, çoktan terkeder, tümüyle ona, bu öğlen paydoslarının erkeğine Ahmet'in yanına gelirdi zaten. Şimdi ne yapabilirdi ki? Eğilip yalvarabilirdi. Evet! Yapardı bunu. Evet, evet, yalvarmalıydı. Hatta bayağı dizlerine çökmeliydi adamın aykalarının dibinde. Gözünü duvardaki o lekeden ayırmadan, umutsuzlukla salladı kafasını. Ah! Nasıl da gurursuz bir kadın gibi düşünüyordu böyle. Ama aşkı için aşağılık olmayı göze alacak kadar cesur bir kadındı o. Burada, asıl istediği erkeğin yanında olmak için herşeyi yapardı. Ama o zaman bu kadar alçalan birini sever miydi erkek? Ne yapabilirdi Tanrım? Hayat boyu süren acılı, tatsız hayatın içinde, sonunda tam da istediği gibi bir zevk anı yaşadı diye, herşeyi yeniden ve birden elinden alıverecek miydi Allah? Mutluluk yine mi cezalandırılacaktı? Artık başı dönüyordu. Bağırmak, çığlık atmak istedi. Kendini tuttu. Yeterdi. Adam başlamalıydı bu işkenceye, ne yapıyordu ki lavaboda iki saattir. Gücünü toplayamadı mı? Bu kadar acılı olcağını hesaplayamamış mıydı?

Sonunda herşeye hazır biri olarak kafasını kaldırdı. Adama seslenecekti. O anda içeriden mutfağın ve tuvaletin olduğu küçük koridordan bazı garip sesler duydu. Telaşlandı, yerinden kalkacak oldu.

" Ahmet?"

"Sakın kalkma!" diye bağırdı adam o alacalı karanlığın hüküm sürdüğü dar koridordan.

O da söz dinledi ve oturdu yeniden. Şimdi korkusuna merak da eklenmişti. Konuşmayacak mıydı adam? Peki ne oluyordu? Dayanılacak gibi değildi. Huzursuzlukla kımıldandı. En azından kenardan bir bakmalıydı.

"Lütfeen! Hemen geliyorum."

Hayır! Bu ses kötü bir şey hazırlayan birine ait değildi. Olamazdı. Tedirgindi ama kötücül değildi; hatta neşeli bile sayılabilirdi. "Bir sürpriz! Bana bir sürpriz hazırlıyor," dedi kadın. Aynı anda içinde kocaman, ışık ve neşe dolu bir pencere açılmış gibi oldu. Önce derin bir nefes alarak, şu sandalyeye oturduğu andan beri ruhunu kemiren, gücünü alan bütün o kara düşünceleri içine çekti. Sonra da o pencereden bir nefesle salıverdi dışarıya. "Ahh!" dedi kadın, bütün düşündüklerinden bitap düşmüş olarak. "Ne kötü şeymiş şu aşk dedikleri. Bir duygudan en öteki uçtakine nasıl aynı anda geçebiliyor insan ve bütün gücü nasıl eriyiveriyor hemen. Sonra da bir ufacık şeyle nasıl da eskisinden daha güçlü oluyor. Mutluluk bu kadar mı yakın olur korkuya? Acı bu kadar mı yakın olur sonsuz memnuniyete? Şimdi onun de beni sevdiğini, benden vazgeçmek istemediğini nasıl anladım ben de bilmiyorum. O bağırıştaki tonda mıydı o? Kibarca, beni yapacağım yaramazlığa karşın kırmamaya çalışan düşünceliliğinde miydi? Bilmiyorum. Ama şu an mutluyum. Mutluluğumun umduğumdan uzun süreceğini hissettiğim için daha da mutluyum. Ve daha da güçlüyüm sanki. Şimdi kocam elinde çocuğumla şu kapıdan giriverse, hiçbir suçluluk hissetmem gibi geliyor. Gider çocuğuma sarılırım. Belki istemeden de olsa aşağılayarak bakardım kocam olacak adama; hepsi bu... Ne oldu bilmiyorum ama... Allahım! Teşekkür ederim."

Ruhu bu yeni düşüncelerle coşmuş, bedeninden taşacak gibi olmuştu kadının. Buna daha fazla dayanamayacağını hissetti. Sakinleşmek için gözlerini kapadı ve bir süre içini dinledi. İçini dinlemeye çalışan herkesin yaşadığı gibi önce dışarının seslerini duydu teker teker. Kapının önünden geçen bir arabanın guruldayan sesi; üst katta bir kadının çocuğuna bıkkın, biteviye bağırışları; apartman aydınlığına bakan camın kapatılamayan aralığından sızan bardak çanak sesleri; sonra en yakında hemen koridorda bir tahtanın bir yere geçirilmeye çalışıldığı izlenimi veren gacırtılı sesler ve en sonunda hepsinin üzerini huzursuz bir yorgan gibi örten şehrin o büyük uğultusu... Hiçbirşey onu etkilemiyordu şu an. Fani dünyanın üzerine yükselmiş gibi ferahtı ruhu. Kendini adamın az sonra getireceğini sandığı sürprize hazırlıyor ve çok altta bir yerde azıcık heyecanlanıyordu. Ama bu temelde olan bir şeyi değiştirmeyecek bir heyecandı. Sadece yaşanan an daha iyi olacak; ama o, o adamı, Ahmet'i birazdan, o sürpriz her ne olursa olsun, ancak şu andaki kadar sevecekti. Ama şu an için bu yüksek düşüncelerin fazla esiri olmak da doğru gelmedi ona. Çünkü bu kadar herşeyin üzerinde bir duyguyla dolu durursa, adam -artık o neyse- sürprizi önüne getirdiğinde o kadar sevinemeyebilir, gülümsemekle yetinebilirdi. Oysa adam coşmasını beklerdi muhtemelen. Ah! Herşey ne güzeldi yeniden...

Sonunda koridorda bir gacırtıdır koptu. Tekerlekli olduğu muhtemel birşey gıcır gacur ederek yaklaşıyordu.

"Gözlerini kapa lütfen!"

Kapadı.

"Tamam şimdi açabilirsin."

Gözlerini açtı ve ne diyeceğini bilemedi.

Bir vitrin mankeniydi bu. Şu son model, iyice insana benzeyen ve pek güzel gözükenlerden. Saçları kadınınki gibiydi. Adam ona benzetmek istemişti anlaşılan. "Ben bu kadar güzel değilim ki," dedi kadın içinden. Ama şaşkın gülümsemesi yüzünde kakalmıştı. Ayağa kalktı. Mankenin üzerinde siyah bir gece elbisesi vardı. "Çok güzel," dedi kadın, elini hafifçe kumaşına değdirirken elbisenin. Sonra küçük bir kız çocuğu gibi kıkırdayarak neşeyle geri çekildi. "Bunun herşeyi tamam,"dedi. Herşeyi tamamdı. Ayakkabıları, çorapları hatta parmağına geçirilmiş bir yüzük bile vardı mankenin sonsuzluğa bakan ileri uzanmış bedeninde.

"Sorma," dedi adam, şaşkınlıkla mankenin etrafında dönen kadına "ayakkabıları giydirmeye çalışırken çok zorlandım. Hatta tam giydirmedim zaten. Ayakları senden büyükmüş."

Kadın birden adama doğru sıçradı. Ve ona öyle bir sarıldı ki. Az daha yuvarlanacaklardı.

Az sonra yataktaydılar. Yine birbirlerinin bedenlerini hırsla araştırmış yine derindeki o duyguyu bulmaya çalışmıştılar. Tek farkla, sanki o duyguyu bulsalar da almayacak, onun karşı tarafta birbirlerinin aitliğini ispatlayacak, sağlayacak şey olarak kalmasını isteyecek gibiydiler. Aşkın hırpalayıcı hırsının yanında başka birşey daha vardı sanki artık.

Sonunda herşeyden memnun, nefes nefese yanyana yığıldıklarında diyecek tek kelime geçmiyordu içlerinden.

Kadın yine de kalktı yerinden. Mankeni yatak odasına kadar sürükledi. Yatağın az ilerisine güzelce yerleştirdi.

Adam, neler oluyor diye, ona bakıyordu.

Kadın yatağa girdi tekrar, adama sırtını dönüp kendini iyice onun kucağına itti.

Adam da sımsıkı sarıldı kadına.

Şimdi adamın kolarının arasında güvenli ve huzurluydu ve odaya getirdiği mankeni inceliyordu. Adam kadına aldığı herşeyi, üşenmemiş tek tek mankenin üzerine yerleştirmişti. Garip, hafifçe de ürkütücü bu sunuş, bütün önceki düşüncelerinin ağırlığından mı ne çok güzel, çok orijinal gözükmüştü kadına. Birden yine yerinden fırladı kadın. Mankenin parmaklarından birine eğreti, öylesine tutturulmuş, nerdeyse düştü düşecek olarak duran yüzüğü çıkarıp, kendi parmağına taktı aynı hızla. Sonra da yatağa girip aynı konumu aldı. Adamın sıcaklığı, henüz şu mankenin üzerinde sergilenen ona alınmış hediyeler, elinde arada dikkatle baktığı üç taşlı pırlanta yüzük; herşey artık öğle paydoslarının kaçamağından fazla bir aitliği gösteriyordu kadına. Geleceğin korkusu bir an içini yalasa da, şu an, bütün hediyelerin, hatta herşeyin —onların bile- üzerinde olan, büyük ve bağlanılmış bir mutluluk duygusu herşeyi susturdu bir bir. Yine de mırıldandı: "Tanrım bu an uzayamaz mı sonsuza dek?"

Bunu derken az sonra, hatta hemen kalkıp ofislerine koşmak zorunda olduklarını biliyordu. Sonra akşam olacak, ikisi de trafiğin içinde başka yerlere doğru akacak, evlerinde eşleri onları bekliyor olacaktı. Çocukla uğraşacak, gece pijamalar sessizce giyilecek, tuvaletlerden su sesleri yükselecek, sonra bir yatağın içinde iki ayrı yanda huzursuzlukla sabahın olması beklenecekti. Bunların olması gerekiyordu. Kalkıp hayata kaldıkları, ara verdikleri yerden başlamaları gerekiyordu. Hayat buydu ve böyle maceràlar kısa sürmeliydi. Ama kadın kalkmak istemiyordu işte.

Adama baktı yarım dönerek. Sanki soruyu anlamıştı adam. Dudağının kıyısından öptü kadını ve kollarını şefkatle sıktı.

Belliydi ki kalkmayacaklardı.

— • —